井上靖の原郷

伏流する民俗世界

野本寛一

七月社

［カバー・表紙写真］国士峠（伊豆市）にて
［扉写真］湯ヶ島小学校の教室にて
（一九六〇年頃、アルバム「しろばんば写真資料」、井上靖文学館提供）

井上靖の原郷

伏流する民俗世界

＊目次

［凡例］

・井上靖作品の引用は、原則として『井上靖全集』全二十八巻・別巻一（新潮社・一九九五～二〇〇〇年）により、ルビや改行は調整した。

・撮影者・提供者等の記載がない写真は、筆者の撮影である。

・引用文や聞き書き部分に、今日の人権意識に照らして不適切と思われる語句の使用があるが、時代背景を考慮しそのままとした。

旅のはじめに

井上靖には『しろばんば』から『夏草冬濤』『北の海』へとつながる自己投影の色濃い作品がある。評論家の篠田一士はこれらの作品の範疇について『わが文学の軌跡』（井上靖、聞き手：篠田一士・辻邦生、中央公論社・一九八一年）の中で次のように述べている。「もちろん私小説とはぜんぜん違いますし、また、いわゆる回想記というものとも違いますし、それから、いままで話題にした現代小説というものともちょっと違いますし、ぼくは非常におもしろいものだと思うんです」――これに対して井上靖は、「あの一連の作品については、わたしは「自伝風小説」という言い方をしています。幼少時代から少年期までを取り扱ったもので、自分をはめ込んだ遠い歳月を書くといいますか」と応じている。同系のものには「馬とばし」「滝へ降りる道」「夏の焔」などがある。

『あすなろ物語』の前半にはたしかに右に通じる部分もあるのだが、後半は趣を異にする。作家自身が文庫化に際してカバー袖に寄せた「作者の言葉」の中で以下のように述べている。

私の郷里は伊豆半島の天城山麓の小村で、あすなろ（羅漢柏）の木がたくさんあります。あすは檜になろう、あすは檜になろうと念願しながら、ついに檜になれないというあすなろ（羅漢柏）の説話は、幼時の私に、かなり決定的な何ものかを植えつけたようです。この「あすなろ物語」一巻は、併し、自伝小説ではありません。あすなろの説話の持つ哀しさや美しさを、小説の形で取り扱ってみたものです。

冒頭に掲げたいわゆる自伝風小説の三部作を中央に据え、より仮構性の強い『あすなろ物語』を右に置くとすれば、左に据えるべき、作家自身との密着性の強い、事実に近い作品の中心は『幼き日のこと』であり、並ぶものに「青春放浪」「私の自己形成史」がある。いわば、「幼少年期の記《しるし》」である。井上自身は『幼き日のこと』を「随筆風自伝」と規定している。

本書では、右の作品群に散文詩・エッセイなども加えて「井上靖の原郷」を探ることにする。井上靖が構築した文学世界は巨大な山並み・山塊をなしている。ジャンルや素材、主題も多彩である。山並みをなす山々への登り口も多岐に及び、個々の読者によって、山裾のひそかな径《こみち》から登りにかかる者もあり、いきなり要路にとりつく者もある。小さな谷を溯上する者もいよう。

私は恣意的な読者の一人である。登り口は自伝風小説『しろばんば』だった。『しろばんば』は昭和三十五年の一月から『主婦の友』に連載が始まり、三十六回の連載が三十七年の十二月に終わっている。そのころ、私の母は静岡県藤枝市岡部町玉取《たまとり》(旧志太《しだ》郡朝比奈村)にある山あいの小学校の教員をしていた。その母が『主婦の友』を定期購読していたのだった。私は帰省するたびに『しろばんば』を貪るように読んだ。深い共感があった。己れが少年にもどり、高揚感をかきたてられ、鼓舞され、心を痛めるところもあった。戦前期に少年時代の前半を過ごした私には、この作品に登場する様々な遊びは自分の体験とほとんど一致するものばかりだった。同じ静岡県なので方言にもなじみがあった。「金廻りがよくなった木樵の子ずら」「普通の蜂じゃないな。くまんばちだな」「本物の騎手になったら清の奴は日本一の騎手になるずらに」(傍点筆者)。

食物にも通じるものがあった。少年時代を旧榛原《はいばら》郡菅山《すげやま》村松本という相良《さがら》のマチの在方で過ごした私は、軽便鉄道の通る相良のマチとそこに住む少年たちに気後れを感じるところもあったので、主人公の大仁《おおひと》や三島に対する思いにも共感するところがあった。

後日、自分が民俗学の世界に足を踏み入れてから『幼き日のこと』を読み返した。靖の幼少年期の豊かな感性によってなされた周囲に対する精細な観察、己れの心理、ムラとムラびとたちの有様、自然、とりわけ季節循環などについての精緻な記述に圧倒された。鋭い五感によって掬《すく》いあげられ、記録された事象が生動している。そこには豊かな民俗世界が描かれていた。井上靖の原郷に伏流する民俗世界を確かめてみなければならないと思った。それは、靖の人間性にも、文学にも、基調音のように響いているにちがいないと考えた。

個々の民俗については本文中でふれるが、村落共同体、あるいは共同体の最小単位ともいうべき隣保《りんぽ》の有様については本文でふれるところが少なかったので、ここに補足を兼ねて記してみる。

㋐台風見舞

狩野川台風でも知られる通り、この地には台風が多かった。『幼き日のこと』の中に「台風見舞」「あらしの見舞」ということばが出てくる。台風のさ中に近隣の者たちがおのおの見回りに出て、互いの家に声かけをする。被害があれば迅速に協力対応する。

㋑風呂の相互接待

塩風呂、薬草風呂などを沸かした夜は近隣で互いに接待し合った。風呂仲間は共同体の最小単位である。

㋒駐車場での送迎

馬車の駐車場において旅に出る者、旅から帰る者を送迎する慣行があった。『しろばんば』には、父母の住む豊橋に赴く洪作とおぬい婆さんを送る近隣の人びとの様子が描かれている。

近隣の人びとから豊橋の家に渡すみやげものも託される。迎えは馬車の喇叭《らつぱ》が合図となって近隣の人びとが集まる。『幼き日のこと』には幼い「私」が「駐車場の持つ離合集散の淋しさ」を直覚したことが描かれている。近代の、特定の期間を以って姿を消した「馬車」にまつわる民俗があったことがわかる。

㊁お振舞

民俗学でいう人生儀礼や、四大礼式とも言われる冠婚葬祭以外の、より小規模で私的色彩の濃い人寄せ、会食を「お振舞」と呼んだ。私的なよろこびごと、私的な慶事などで、人を寄せ、酒も出した。『北の海』に旧制高校受験準備中の洪作が、父の赴任地である台湾に出かける場面がある。台湾に出発する前に、洪作は祖父母の住む湯ヶ島にもどるのだが、その折、祖母が、台湾に赴かんとする洪作の旅を壮行するために、主だった親戚、近隣の人びとを招いて「お振舞」をする。大御馳走ではなく、散らし寿し、蒟蒻《こんにゃく》や椎茸の煮ものなど数種がつく。

ここまでは、隣保が深くかかわるのであるが、次に示す例は村落共同体のムラ（部落）、村の消防団・青年団などの協力によって行われた。

㋔神隠しの探索と見舞

子供が山中で行方不明になった場合など、「神隠し」ということばが使われた。神隠しに遭った子供の捜索の隊は部落で編成され、炊き出しをし、握り飯を作った。神隠しに遭った者が発見された場合は山で発見御礼の祈禱を行うことになっていた。山で迷った者が無事に家に帰って、落ちついたころ、次々と神隠しに対する見舞を述べるムラびとたちがやってきた。

右に紹介したものは近隣の、共同体の「絆」であり、「愛」でもある。

以下、「I　井上靖の原郷——伏流する民俗世界」で報告する文章では、まず、井上靖の「自伝風小説」や「随筆風自伝」に描かれている様々な民俗事象や登場する多様な自然、「場」などを紹介する。それらと比較的に各地の民俗を紹介したり、関連民俗に言及することもある。さらには当該民俗の意味について若干の考察を述べる場合もある。

ここでは井上靖・井上文学に伏流し、井上靖を育んできた民俗世界を探ることを第一の目的とした。

しかし、作家の言う「随筆風自伝」の中には豊かな民俗世界が描かれているばかりではなく、民俗学の世界でもまだ知られていないような貴重な民俗も散見する。こうした点に注目してみると『幼き日のこと』などは、民俗の衰退や消滅が著しい現今からすれば、それ自体が貴重な民俗誌・生きた民俗誌になっていると見ることもできる。描かれている多くの民俗は、現在を生き、未来を生きる日本人が学んでおくべきものだと言えよう。

文学作品から民俗を学ぶという視角は『近代文学とフォークロア』（白地社・一九九七年）で試みたことがある。この著作は多くの作家の作品の様々な面を腑分けしてみたのであるが、今回は井上靖という膨大な作品を持つ一人の作家の原郷を、伏流する民俗から探ろうとしたのだから、荷が重いのは当然で、いささか無謀の感はあったが、突き進んでみた。

「Ⅱ　井上靖の射光――ある読者の受容」は、私が井上靖から受けた刺激や、井上作品受容の一部に関するレポートである。井上作品やその一部を個人的な関心や民俗の世界に寄せすぎた感は否めない。その結果、作品の本質や作家の生き方や思想を曇らせた部分があるかも知れない。浅学の然らしむるところである。

平成二十五年九月三日、天城山中を歩いた。杉の植林をぬけるとアシビ・ヒメシャラ・ブナなどが目についた。ブナの巨樹も目だつ。林床に、灌木も、笹も、ブナの幼樹もなく、掃き浄められたような感じのする箇所もあった。増殖を続ける鹿の仕業にちがいないと思った。天城山中皮《かわ》子平《ごだいら》のブナ林の林床はかつてオシダ（湿性を好む落葉性シダ）に蔽《おお》われていたが、現在はシカの食害によってそれが消えたと聞く。これではブナの幼木が山から消え、やがてブナ林も絶滅する。天城山の保水力も激減し、生業・生活面での天城山麓の豊かな日々も損なわれる。そんなことがあってはならない。井上靖という大きな作家を育んだ自然、育みの生成土壌となった民俗の母源喪失につながるからである。日本人が失ってはならないものなのである。

天城山のブナ林

I

井上靖の原郷——伏流する民俗世界

第一章　生きものへの眼ざし

一　シロバンバ――綿虫

『幼き日のこと』に次の叙述があり、それは『しろばんば』の冒頭部とも重なる。

その頃――と言うのは、大正の初め頃のことであるが、伊豆の天城山麓の私の郷里の村では、冬の夕方になると、〝しろばんば〟という白い小さい虫が薄暮のたちこめている空間を舞った。浮遊しているといった感じの舞い方である。〝しろばんば〟というのは白い老婆という意味であろう。子供たちはひばの枝を振り廻して、その葉にその綿屑のような小さい虫をひっかけて遊んだ。〝しろばんば〟は白く見えることもあれば、天候の加減で、その白さが多少青味を帯びて見えることもあった。子供たちは地面から飛び上がっては、ひばの枝を振り廻した。冬の夕暮時の子供たちの遊びであった。〝しろばんば〟の白さが夕闇の中に溶け込み始めると、子供たちはひばの枝をそこらに投げ棄てて、それぞれ自分の家に向って駈け去って行く。

『しろばんば』の冒頭では季節は示されていないのだが、こちらでは「冬の夕方」とある。文脈からすると、その夕方も「晩秋から冬にかけて」とより細かい季節の推移指定がわかる。『しろばんば』では、檜葉《ひば》の小枝を振り廻す時に、子供たちは「しろばんば　しろばんば」と叫びながら走ったこと、家々から子供たちの名を呼ぶ声が聞こえたことが書かれている。この場面を自伝風小説の冒頭に描き、作品を『しろばんば』と命名したこと、その象徴性には心惹かれる。

写真①　檜葉の小枝を持って「しろばんば」を追う少年像（静岡県伊豆市湯ヶ島小学校）

〝しろばんば〟はワタムシ・ユキムシなどと俗称されている。半翅目《はんしもく》、ワタアブラムシ科の昆虫である。晩秋に白い綿のような蠟質物《ろうしつぶつ》を分泌して飛ぶ様子が「綿」に見たてられて綿虫と呼ばれ、降雪の近いことを知らせるとして雪虫とも呼ばれる。『しろばんば』を読んだ時からこの虫のことが気になっていた。〝しろばんば〟は井上靖が説く通り、「白い老婆」という意味であろう。全国各地ではどのように称されているのだろうか。方名（方言名称）を類型的に分けながらこの虫に関する伝承を紹介してみよう。

〈白系〉　シロバンバに見られる白を冠された方名には、「シロッコ」がある。「晩秋、シロッコの群を見つけると、子供たちは「シロッコ　シロッコ」と囃しながら追って走った」（静岡県藤枝市西方出身・曽根由紀子さん・昭和十五年生まれ）。「シロコが舞うと雪が舞い始める」（岐阜県中津川市阿木《あぎ》・吉村栄蔵さん・昭和十七年生まれ）。シロコという方名は高知県土佐郡土佐町にもある。

〈婆系〉　「ユキバンバ」。「ユキバンバが舞うと雪が近い。鳴沢菜《なるさわな》を早く漬け込め」（山梨県南都留《みなみつる》郡鳴沢村・渡辺建一さん・昭和五年生まれ）。「ユキバンバが舞うと木枯《こがらし》が吹く」（山梨市三富徳和《みとみとくわ》・名取喜代美さん・昭和三年生まれ）。「ユキバンバが舞うと雪がくる」（長野県飯田市尾之島・櫻井弘人さん・昭和三十四年生まれ）。山梨市上帯那《かみおびな》では「ユキンバ」という。

〈雪系〉　雪虫・ユキバンバ以外にも雪を冠する方名がある。「ユキボタル」。「ユキボタルが出ると寒くなる」（岐阜県美濃加茂市出身・森川郁郎さん・大正九年生まれ）。「ユキフリムシ」。「ユキフリムシが飛ばないと冬が来ない。ユキフリムシが出ると雪が降る」（栃木県日光市五十里《いかり》・細井沢吉さん・昭和十四年生まれ）。「ユキンコ」。「ユキンコが出ると雪が降る」（甲斐市下菅口《しもすげぐち》・飯窪富明さん・昭和六年生まれ）。「ユキオコシ」。「冬にしては暖かい日にユキオコシが飛んだ。ユキオコシが飛ぶと雪荒れがし、風も吹いた」（長野県飯田市松川入《まつかわいり》出身・塚原千晶さん・昭和五年生まれ）。「ユキカンボー」。「ユキカンボーが舞うと雪が降る」（静岡県浜松市天竜区水窪《みさくぼ》町小俣・三輪功平さん・昭和七年生まれ）。ユキカンボーとは「雪蚊坊」の意と思われる。「ユキワタ」（雪綿）。「ユキワタが出ると寒くなる」（静岡県浜松市天竜区水窪町西浦・望月敬美さん・昭和十四年生まれ）。

〈粥・飯系〉「ケーケームシ」。「小学生の女児たちはケーケームシが舞うと、てんでに棒を持って〽ケーケームシ止まれ　この木へ止まれ、〽ケーケームシ止まれ　菊の花に止まれ、と囃したてた」。また、ケーケームシが舞うと雪か雨が降る、とも伝えた（長野県下伊那郡清内路《せいないじ》村下清内路出身・小林ヤス子さん・大正十五年生まれ）。ケーケームシとは、その白色から米の白粥を連想し、「粥粥虫」と称したものと考えられる。この事例は、手に棒を持って、ワタムシを囃すという点で、檜葉の枝を持って子供たちが囃す『しろばんば』の冒頭と共通している。飯田市今宮町の宮下智子さん（昭和十八年生まれ）は、ワタムシが舞うと子供たちは、〽ワタムシ　ワタムシ　一尺さがれ、と囃したという。一尺は、子供たちが手を伸ばした高さの一尺ほど上にワタムシが舞っていることを前提としたもので、これも『しろばんば』の冒頭場面と共通している。

松山義雄は『山国のわらべうた』（信濃路・一九七二年）の中で次のように述べている。「（前略）

飯田市周辺でいうわた虫で、十月下旬のくもり日から姿を現わしますが、わけても山国特有の初冬のどんよりとした日には、どこからこんなにわいて出たかと思うほどたくさんのわた虫がむらがって舞っています。そんな日には子供たちの間から、〽わたむし　わたむし　一尺さがれ――の声が聞こえてきます。一尺（約三〇センチ）さがれというのは、わた虫が子供たちの身長よりやや高めの空間を舞っていて捕えにくいからです。飯田ではこの虫をとらえるとわた（綿）の上にのせて、こんどは、〽わたむし　わたむし　わたーしょえ、とうたいます。遠山谷ではわた虫のことをべつに〝まんまん〟とも呼び、〽まんまん　出てこいよ　ちいちのまんまくれるで　わた虫は白くて小さくて、ちょうど、まんま――白いごはんを連想させるところから、この虫をまんまんと呼ぶようになったのだと思います」――ここに「マンマン」を加えることができる。

「オマン」。静岡県牧之原市蛭ヶ谷ではワタムシのことをオマンと呼ぶ。同地の長谷川しんさん（昭和十一年生まれ）は、「オマンが飛ぶとお亥《い》の子《こ》様だ」と語り、鈴木正次さん（昭和二年生まれ）は次のような童唄《わらべうた》を伝えている。〽オマンこっちゃこい　ボタ餅よくれる　今日の亥の子でもっとくれる――長野県飯田市南信濃八重河内の山崎今朝光さん（大正十一年生まれ）もワタムシのことをオマンと呼ぶ。私は、鈴木さんから〽オマンこっちゃこい……を聞いた時、これは女性の名前だと思った。しかし、遠山谷のマンマンとつなげてみると、これが白いオマンマ、白い飯から発想されたものであることに気づいた。『しろばんば』では、子供たちが檜葉の枝を持って、囃したてながらワタムシを追う様子が描写されており、『幼き日のこと』を併せてみると、これが、晩秋から初冬にかけての、子供たちの民俗的季節遊戯であったことがわかる。こうした遊びは他地にもあり、童唄を伴う例があったことをここではたしかめておきたい。

〈綿系〉 ワタムシがその代表であり、この通称を以って気象伝承・季節伝承を語る例は多い。「ワタボウシ」。「ワタボウシが舞うと雨が降る」(飯田市別府出身・中村恵美さん・大正十五年生まれ)。静岡県賀茂郡東伊豆町大川出身の浅田以知乃さん(昭和二十一年生まれ)も東伊豆町ではワタムシのことをワタボウシと呼んだという。

〈その他の方名〉「オイノコバエ」。「十月の亥の子に米の団子を食べる。そのころよく舞うのでオイノコバエという」(徳島県名西郡神山町神領《じんりょう》・阿部昇さん・昭和二十三年生まれ)。先に紹介した静岡県牧之原市の事例と類似点がある。「ミケ」。「ミケが出るころ栗の実が乾燥する。ミケは栗から湧く、という言い伝えがある」(宮崎県東臼杵郡椎葉《しいば》村竹の枝尾・中瀬守さん・昭和四年生まれ)。

このように、ワタムシは各地で様々な方名をもって親しまれてきた。ワタムシ・ユキムシと呼ぶ地でも様々な気象伝承や季節伝承を聞くことができる。

さて、ここで、『しろばんば』の舞台となった湯ヶ島におけるシロバンバについての伝承に耳を傾けてみよう。筏場《いかだば》から長野下へ嫁いできた浅田くみさん(大正十年生まれ)は次のように語る。

シロバンバは晩秋から初冬の、おもに夕方舞う。曇った日には昼でも舞う。光が薄い時に舞う。ブト（蚋《ぶゆ》）がたくさん出るとお天気が変わるというが、シロバンバもそんな気がする。湯ヶ島長野小字箒原《ほうきはら》の浅田喜朗さん（昭和十五年生まれ）は次のように語る。同家には水車があった。晩秋の夕方、水車の水の飛沫が霧のようになるとそこにシロバンバが群がった。「シロバンバが飛ぶと翌日は雨が降る」と言い伝えていた。湯ヶ島、白壁荘の大女将、宇田晴子さん（昭和二年生まれ）にシロバンバのことを尋ねると、開口一番、「シロバンバは背中に綿を背負《しょ》ってます」と応じ、季節は晩秋と思われるが、午後も夕暮近いころシロバンバが出ると、子供ばかりでなく、中にはおとなも混って、手に藁稃心《わらみご》製の座敷箒をかざしながら、〽シロバンバ　シロバンバ　綿を背負《しょ》って　こいこい――と囃したてながら下田街道を走ったものだという。手にかざしものを持つこと、童唄を以って囃しながら走る点など、先に記した長野県飯田市の事例と共通する。この国には、季節に即した豊かな遊び、小さな小さな生きものとの美しい交感が生きていたのである。

　各地で聞いたワタムシの伝承には、気象・季節にかかわるものが多かった。しかし、井上靖の『しろばんば』『幼き日のこと』では、一日の中の時間、シロバンバが舞う刻限、夕暮・薄暮・夕闇など夕刻が強調されている。このことは、作品の内容や標題の象徴性と絡むところがあると考えられる。

二　ネズミ

『しろばんば』の中に次の会話がある。「「ばあちゃ、何してた?」とひと言だけ声をかけた。「鼠と話をしていた。今夜は鼠の運動会で、さっきから騒がしいこっちゃ」おぬい婆さんはそんなことを言って笑った」――『幼き日のこと』で、鼠は次のように登場する。

私はおかのお婆さんと二人で、いや、もっと正確に言うと、たくさんの鼠たちともいっしょに住んでいたのである。あまり自慢にはならないが、私の最も幼い頃の記憶と言ったら、毎晩のように枕もとを駈け廻っていた鼠たちのことのようである。夜半眼覚めると、必ず何匹かの鼠が掛蒲団の上を駈け廻ったり、枕もとを運動場にしていたりした。しかし、私は少しも怖くはなかった。毎晩のように寝る時、おかのお婆さんは部屋の隅に鼠の分として少量の食糧を置き、こうしておけば決して鼠は人に危害を加えることはないと言った。私はそのおかのお婆さんの言葉を信じていた。

人と鼠の関係は単純ではなく、そこには常に葛藤があった。鼠は人の暮らしに害を与え続けてきた。それも多様で、農作物・貯蔵穀物・貯蔵食品・干し芋・干し柿・凍《し》み餅などに対する食害、養蚕の蚕《かいこ》や繭《まゆ》、栽培桐にも害を与えた。離島における鼠害は特に著しく、鼠のために島が滅びたという伝承もある。琉球弧では鼠送り（農作物に害を与える鼠を芭蕉の筏などに乗せて海の彼方に送る行事）が盛んに行われたが、一方では、鼠のことをウエンチュ（上の人）、ウエガナシ（上の主）とも称し、太陽の使いだとする伝承もある。三宅島では村落ごとに鼠の神が祀られ、鼠に対する祝詞も伝えられていた。こうした葛藤の大方については拙著『生態民俗学序説』（白水社・一九八七年）、『生態と民俗——人と動植物の相渉譜』（講談社学術文庫・二〇〇八年）で詳述しているのでここでは最小限の報告と、新視点の素描に留める。

湯ヶ島長野の浅田武さん（明治三十二年生まれ）も蚕に対する鼠の被害には手を焼いたと語っていた。蚕に対する鼠害対策としては、伊豆では蚕室に通じる鼠穴に杉の葉を置くというのが一般的だった。また、伊豆にも鼠送りがあり、その話が心に残っている。以下にその詳細を見てみたい。

賀茂郡松崎町池代《いけしろ》の斎藤さとさん（明治三十六年生まれ）・山本吾郎さん（明治四十一年生まれ）から次のように聞いた。同地の民家の屋根は戦前まではほとんどが萱《かや》（薄《すすき》）葺《ぶ》きだった。萱は共同の萱山から採取するもので、貴重な素材だった。ところが、鼠がその萱の根を噛んで萱山を全滅させることがあった。また檜にも害を及ぼした。さらに、野鼠の大群が稲田に入ることがあった。ひどい時には稲田の中に鼠が丸い巣を作り、中に仔がいることもあった。鼠の害が甚だしい年には、若い衆が神輿《みこし》状の籠に幣束《へいそく》を立てたものを担ぎ、ムラ中の者が列を作って上の古屋敷から下の大沢境の神送り淵のところまで、鉦《かね》・太鼓に合わせて次のように声をそろえて誦しながら送った。〽チーチーヤイ　逃げろヤイ　ニャーニャー猫が送るわい――。一方、「火事の前にはその家からすべての鼠が姿を消す」「鼠は火事を教えてくれる」といった伝承もある。

賀茂郡西伊豆町大城の市川至誠さん（大正五年生まれ）は次のように語る。鼠は萱や農作物に害を与えた。被害のひどい時、ムラびとたちは鼠送りをした。一斗缶の空缶・鉦・太鼓を叩きながら、〽チーチーヤイ　逃げろヤイ　ニャーニャー来るぞ――と大声で誦し、尾根から沢へと追いおろし、海に向かって追い出した。

次に、「おかのお婆さんは部屋の隅に鼠の分として少量の食糧を置き」と言うところに注目したい。ここには、明らかに「共存の民俗思想」がかいま見える。山梨県甲斐市旧敷島町域では五月六日に蚕影《こかげ》様を祭り、繭の増産を願った。この日鼠に米をあげれば蚕や繭が鼠に喰われないといって鼠の通り道（穴）に米をあげたという例がある。柳田國男は『年中行事覚書』（初出一九五五年、講談社学術文庫・一九七七年）の中で、長野県南安曇《みなみあずみ》地方の例として、旧暦十月十日の案山子《かかし》あげの日に「鼠の年とり」と称して餅を供えたとしている。収穫祭である案山子あげの日に鼠を祭ったのである。長野県下伊那郡泰阜《やすおか》村漆平野《しっぺの》の木下さのさん（明治三十年生まれ）は「一月十五日の小正月に、鼠と野の小鳥たちに年をとらせるのだと言って、雨戸に向かって米を撒いた」と語っていた。森口多里『日本の民俗・岩手』（第一法規・一九七一年）に、北上市立花では小正月に鼠の形に擬した餅をつくってオガノカミサマ（宇迦之御魂の神《うかのみたまのかみ》）とよび、盆にのせてキスネビツ（米櫃）のなかの米の上に置いたと報告されている。鼠を祭ることによって鼠が米を盗むことを抑止しようとする心意が見える。

「鼠浄土」と総称される昔話がある。「おむすびころりん」である。例えば爺が山へ行って弁当のおむすび・団子などを食べようとして落としてしまう。穴に転《ころが》りこんだおむすびや団子を追いかけてゆくうちに爺は鼠の世界へ入りこむ。鼠は、「猫さえおらねば鼠の世の中　ストトン　ストトン」と歌いながら餅や金を搗《つ》いている。鼠は爺からおむすびや団子をもらう。爺は鼠から金や宝物をみやげとしてもらって帰る――といったもので、様々な変化を伴って各地に伝承されている。この話の中には様々な要素が混在している。異郷訪問・異類間交流・野鼠が地下の穴に棲む習性（根棲《ねず》み）を思わせること・鼠が物を集める習性、などである。『幼き日のこと』に描かれたおかのお婆さんの行為、即ち、鼠の分として食糧を与えたという部分に照らして、「おむすびころりん」のおむすびや団子について考えると、この昔話の発生の起点に、鼠の穴、あるいは鼠の巣のありそうなところに握り飯や団子を献供するという極めて素朴な儀礼があったことが推考される。その献供の目的は鼠害の抑止だった。それが成長し、脚色され、「おむすびころりん」になったと考えることができるのだ。

『古事記』の大国主神《おおくにぬしのかみ》が野の中で火の難に遭った時、鼠が出てきて「内は富良富良《ほらほら》、外は須夫須夫《すぶすぶ》（内はうつろで、外部はすぼんでいる）」と呪言を述べる。これは地下空間、穴、鼠の世界を示すもので、大国主神はこれによって助かる。鼠が火難から人を守るという松崎町の伝承に通じる伝承が古代以来生き続けてきたことがわかる。ネズミ＝根棲みの匂いもある。

さて、おかのお婆さんが部屋の隅に置いた食糧と「おむすびころりん」のおむすびが、鼠への献供としての共通性を持ち、そこに重い意味があるということは、以下の事例を併せて考えてみることによってわかる。

〈寒施行《かんせぎょう》〉　狐施行ともいう。最も寒い寒中に、狐の棲みそうな場所に油揚げや赤飯・小豆飯の握り飯を供えながら巡回する。京都府・大阪府・兵庫県・福井県の一部で行われた。

〈狼の産見舞ほか〉　静岡県浜松市北区引佐町《いなさ》寺野の伊藤金松家の先祖が、お産をして子に乳を吸われて痩せ細っている山犬（狼）を見つけた。そこで伊藤家の先祖は赤飯を蒸して山犬のところへよろこびに行った。山犬は、お礼に、伊藤家の玄関に熊の足をおいて行った（寺野・松本長市さん・大正六年生まれ）。岩手県には馬を狼害から守ることを目的として赤飯その他の供物を供えて、オイノ（山犬、即ち狼）祭りを行う地が点在する（菱川晶子『狼の民俗学――人獣交渉史の研究』東京大学出版会・二〇〇九年）。

柳田國男の『遠野物語拾遺』（初出一九三五年、『遠野物語』新潮文庫・一九七三年）には、小正月に「狼の餅」「狐の餅」を作って苞《つと》に入れ、山の麓に供えたとある。また十二月二十日には陸の神（鼬鼠《いたち》）の年とりをしたと記されている。

対立する生き物に対して一面で親和性を示す民俗があった。人を圧倒するほど強い力を示すものに対しても徹底排除・徹底対立を貫くことなく、共存を模索してきたのである。まして、共生的関係を結んでいる生き物に対する眼《まな》ざしはやさしかった。鳥取県八頭《やず》郡智頭《ちづ》町上板井原で暮らした平尾新太郎さん（明治四十一年生まれ）は、毎年端午の節供に粽《ちまき》を作るのだが、燕《つばめ》の分も作って上がりガマチの鴨居に吊るしたという。

井上靖が鼠との共存を体験したことの意味は重い。その、「共存の民俗思想」は、おのずから様々な生き物とのかかわりにも及んだはずである。

三　鳥罠——鶫・頬白

子供たちにとって小鳥を捕獲するということは極めて魅力的であった。その方法には鳥黐《とりもち》と罠とがあった。

毎年のことだが、本当の冬の寒さがやって来るこの頃から、子供たちの間には小鳥を獲《と》るわなが流行し始める。小鳥はひよどりの種類が多くやって来た。村中到るところに、ひよどりの姿は見られたが、殊《こと》に多くその姿を現すのは、人家の跡絶《とだ》えた長野川の渓合《たにあい》であった。洪作は学校から帰ると、二、三人の仲間と長野川に沿った段々畑を降りて行って、そこにひよどりのわなを仕掛けた。一つのわなを作るにはかなりの時間と労力を要した。よくしなう木の枝を切って来て、それを冬枯《が》れた田圃の中に差し込み、地面から出ている部分を折り曲げて、それをバネとした。（中略）仕掛の木切れが小鳥の体を獲《と》え押《ら》える仕組みになっている。獲えられる小鳥は例外なく死んでしまうので、その意味では残酷なものであった。小鳥の死刑台と言ってよかった。

（『しろばんば』）

『幼き日のこと』には次のように描かれている。

子供たちは、専ら鳥黐に希望を託しているが、十八、九歳の少年たちになると、もっと確実な罠の方に転向する。冬枯れた田圃の、鵯《ひよどり》や頬白《ほおじろ》の来そうなところに罠を掛けに行く。この方は弾力のある木の枝を切って来る労力も要るし、罠を仕掛けるには、それ相応の技術も要る。幼い子供たちは専ら見物の方に廻る。少年たちの中には、罠をかける名人が居る。そんな少年が罠をかけに田圃に出て行くのを知ると、子供たちはひと固まりになってついて行く。――餌をとって来い。罠作りの少年が言うと、子供たちは四散して、川向うの山に青木の赤い実を探しに行く。青木の実が見付からぬ時は万両《まんりょう》の赤い実を使った。幼い者たちにできるのは、これぐらいのことしかない。しかし、その赤い実を探すことが、何と生き生きした作業であったことか。

長野箒原の浅田喜朗さんも、冬になると盛んに鳥ワンナ（罠）を掛けた。ワンナには、井上作品に登場する罠のように直接地面に設置するものと、地面よりも高いところに仕掛けるものとがあった。前者をヂワンナ（地罠）、後者をタカワンナ（高罠）と呼んだ。タカワンナをタカトリワンナと呼ぶこともあった。高《タカ》から鷹《タカ》を連想してのことと思われる。タカワンナはバネ木とは別に、長い木の枝を彎曲させてその両端を地面に挿し、地上五〇センチほどの位置に横木を固定させ、その横木をベースにして罠を仕掛けるもので、高度な技術を要する。小鳥を誘引するための餌は井上作品にも描かれているが、喜朗さんは稲の落穂と南天の実を使った。タカワンナの場合は落穂を掛ける形をとった。獲物はショット（頬白）・コジュケイ・ヒヨドリ・ハトなどだった。

静岡県牧之原市松本で少年時代を過ごした筆者も、冬には鳥罠に熱中した。旧菅山村にはタカワンナはなく、井上作品と同じヂワンナだけだった。その鳥罠の呼称は「クビッチョ」だった。クビッチョという名称は遠州地方から三河地方で用いられ、長野県の一部でも使われた。仕掛ける場所は、湯ヶ島とは異なり、里山の中だった。したがって、バネ木は山の中に生えている樫《かし》の木のヒコバエなどを使うことが多かったが、地形によっては井上作品同様伐り出したバネ木を地面に挿して使うこともあった。餌には南天の実・梅檀《せんだん》の実・精白された米（少量）を使った。餌の囲み覆いには主として椎の木の枯枝の先を使った。

「ある朝、洪作は幸夫と二人でわなを見に行った。川縁の崖《がけ》の上に仕掛けた幾つかのわなを順々に見て行ったが、その中の一つに一羽のひよどりがかかっていた。ひよどりは首を締め木に押えられ、小さい体を横倒しにして、無慚《むざん》な屍《しかばね》をさらしていた」（『しろばんば』）——ここにあるように、罠の首尾を見とどけにゆくのが何よりも楽しみだった。罠の場所に近づいてゆき、バネ木の先端が、仕掛けた時に比べて高くあがっていれば獲物がかかっていることの証《あか》しだった。バネ木が高い!! 胸をときめかせながら前面にまわってみると掛かっているのは鳥ではなく鼠だった、という苦杯を何回も舐めた。

宮崎県東臼杵《ひがしうすき》郡椎葉《しいば》村ではこのような鳥罠のことを「クビチ」と呼ぶ。『日本国語大辞典』（小学館）にも「くびち」の項があり、「【弶・擌】〔名〕（「くひち（くいち）」とも）獣を捕えるしかけ。

くいつ」とある。「クビチ」は罠の形態・機能と併せて考えてみると、「首打《くびう》ち」が「くびち」と変化したものではないかと考えられる。してみると、「クビッチョ」も「クビチ」「クビッチ」からの転と考えられる。ところで、椎葉村のクビチには、地罠と高罠とがある。写真②はクビチの原理を示す模型であり、写真③は椎葉英生さん（昭和十六年生まれ）が山中に仕掛けた空中クビチである。

『しろばんば』で洪作の言う「締め木」は写真③の上の横棒に当たる。二段目の細い横棒は、バネ木と連動する縦の細い棒を止めている止め木である。鳥がこの止め棒に止まってみかんを啄《ついば》もうとすると、鳥の体重で止め棒がさがり、縦棒の先がはずれてバネの力で締め棒が瞬時に引かれ、

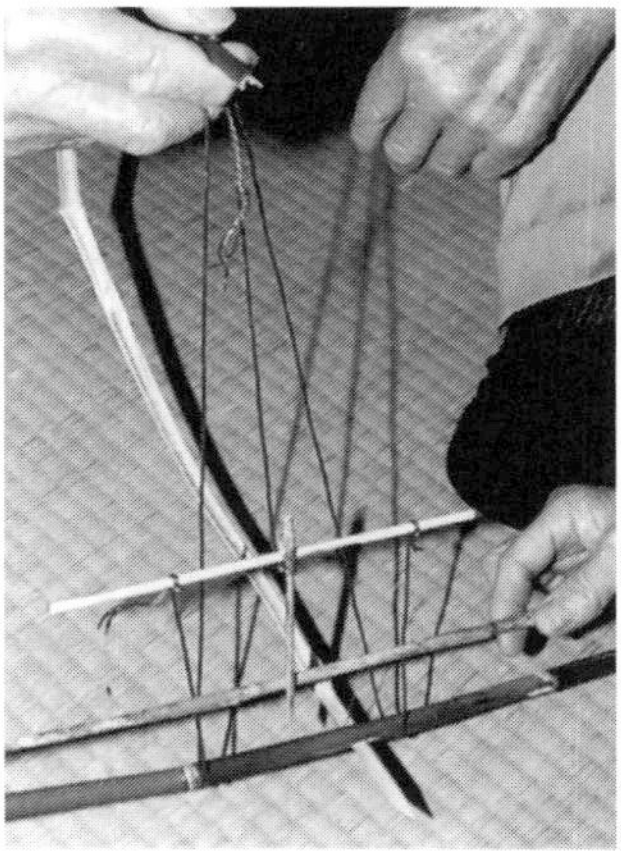
写真②　クビチの模型（宮崎県東臼杵郡椎葉村松木）

写真③　タカワンナに相当する空中クビチ（宮崎県東臼杵郡椎葉村松木、椎葉英生さん仕掛け）

鳥の首は長い横棒（台木）との間に挟まれる。地罠の場合、台木は締め棒よりやや長めにしてその両端を鉤型の又木を地面に打ち込んで固定しておく。

この罠の中心は細い縦棒で、この縦棒と横の止め木、締め棒を一括して椎葉村では「チンチロ」「チンコ」などと呼ぶ。静岡県榛原《はいばら》郡川根本町では「チンカラ」と称している。縦棒を男根に見たて、チンコ・チンチロ・チンカラなどと呼んでいたものが、これを中心としたセットの呼称に拡大したものと思われる。鳥を絞捕するこの罠にとって、凧糸のような強い糸または紐は不可欠だった。筆者の少年時代、冬にはだれもが凧糸と肥後守《ひごのかみ》（ナイフ）を申し合わせたように持ち歩いていた。

さて、『しろばんば』では罠にかかったひよどりの屍が思わぬ展開を呼ぶことになる。「女の子供たちはすぐわなを取り巻いた。あき子も息を詰めたような表情で、ひよどりの骸《むくろ》を見守っていた。（中略）洪作は、突然、烈しい泣き声が起るのを聞いた。（中略）泣いているのはあき子であった」――さらに詳細な心理描写が続き、次のような結末に至る。「この事件があってから、洪作は小鳥のわなを作ることをやめた。わなのことを思うと、すぐあき子の烈しい泣き声が耳についた」。

罠にかかった鳥については『幼き日のこと』でも次のように描かれている。

罠にかかる鳥は頬白か、鶫であった。しかし、私は一度罠にかかっている小鳥の無惨《むざん》な死体を見たことがあり、それ以来どうしても小鳥というものを食べることはできなかった。時には小鳥の焼いたのを、近所の家や、本家から貰うことがあった。そんな時、――小鳥を食べると歯が丈夫になるというのに、困ったことだ。おかのお婆さんも、本家の祖母も言ったが、私は自分が小鳥を食べない理由を説明しなかった。小鳥が可哀《かわい》そうだと言うのは、何となく女々しく、恥ずかしいことに思われたのである。

四　テグス虫――白髪大夫

鳥罠、小鳥の死に対する「洪作」「私」に仮託されている作家の心意・心性を探る上でも、また、作家をとり巻いていた民俗世界を細かく理解するためにも、ここで関連的に見ておかなければならないことがある。

近所の農家に私より三つか四つ年長のタダちゃんという子供があった。栗の木の葉が繁《しげ》っている頃のことであるから、八月頃のことであったろうか。タダちゃんは栗の木によじ登ってテグス虫を捕えて来ると、それを殺して、体内からテグス糸を取り出した。テグス虫というのは栗の葉を食べている毛虫で、親指ぐらいの太さで、二寸ぐらいの長さがあったように記憶している。

（『幼き日のこと』）

ここに登場するテグス虫とは、ヤママユガ科の蛾の一種であるクスサンの幼虫で、シラガタロウ（白髪太郎）と通称されている。シラガタロウと呼ばれるゆえんは、体が白味を帯びた繊毛に蔽《おお》われているからだ。栗・櫟《くぬぎ》・栃《とち》などの葉を食べる。栗毛虫とも呼ばれる。静岡県浜松市天竜区水《みさ》窪《くぼ》町大沢の別所賞吉さん（昭和八年生まれ）は、この虫には栃の葉を喰う害虫的側面があると語り、成虫を「トチノキチョウコ」と呼んだ。そして、幼虫の名は「白鬚童子《しらひげどうじ》」だという。この呼称には白髪太郎との共通性が見られる。

横瀬夜雨《やう》作詞の童謡「にしゃどっち」（与田凖一編『日本童謡集』岩波文庫）に白髪太郎が登場する。〽白髪太郎のあまんじゃく網の牢屋に押し籠められた……〽西はどっちと聞いたれば　西はあっちと振る頭《かしら》――大変おもしろい童謡である。一体なぜ白髪太郎は天の邪鬼なのか、「網の牢屋」とは何なのか――。網の牢屋は白髪太郎の繭を指している。それは、網目状をなしており、内部の蛹《さなぎ》を透《す》かして見ることができるところから「透かし俵《だわら》」と通称される（写真④）。白髪太郎が栗・梅・栃などの葉を喰う害虫的側

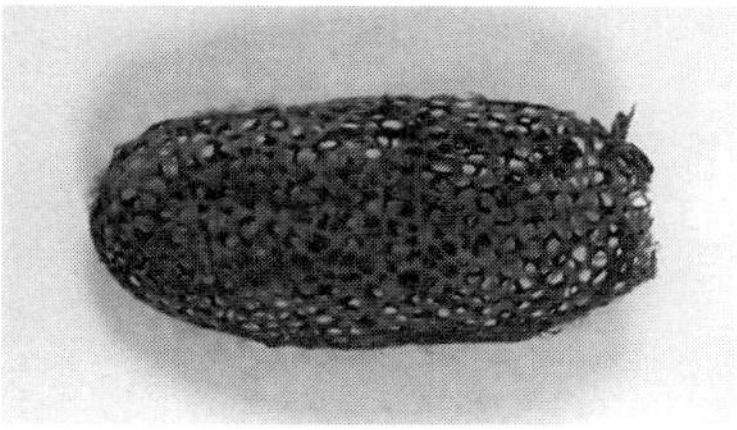

写真④　クスサンの幼虫シラガタロウが作る繭「透かし俵」（長野県飯田市上村中郷、柄沢正一さん採取）

面に加えて、籠るべき密閉空間を以って繭の通念とするのに対して、透かし俵を作りその中に入るものは天の邪鬼だと見たてたのである。頭を振る生態をふまえて「西やどっち」という問いかけをして答えを求める遊びが、横瀬夜雨の育った茨城県に伝承されていたことがわかる。クスサンの幼虫の呼称の一つに「白髪大夫《しらがだゆう》」がある。室生犀星《むろうさいせい》が昭和二十一年に発表した作品に『白髪大夫』があり、クスサンの生態が精細に観察描写されており、その終齢期の状態もよくわかる。湯ヶ島にほど近い伊豆市原保《わらぼ》には子供たちが螻蛄《けら》（直翅目ケラ科の昆虫）を捕え、手に持って行う次のような遊びがあった。螻蛄が、発達した前肢を掲げて動かす習性を、ものの長さを測る様に見たてて次のような言葉を唱して遊ぶのである。「ケラケラ　オテントサン拝め」「ケラケラ　お前の茶碗はどのくらい」「ケラケラ　俺の茶碗はどのくらい」——（伊豆市原保・石井しずさん・明治三十九年生まれ）。

井上作品にテグス虫が登場し、また、このような童謡が誕生し、記録されていること自体、クスサン・白髪太郎・白髪大夫が現今の人びとには想像もできないほど身近な存在であったことがわかる。総じて人と昆虫との距離は時を溯上するほどに近かったのである。

私は今でも毛虫は嫌いだが、幼い頃はもっとひどかった。蛇よりも蟇《がま》よりも毛虫の方が嫌いだった。だから、タダちゃんのテグス取りの作業は、いつも他の子供の頭越しに眺めた。毛虫も嫌いだし、それを殺すのを見るのも厭《いや》だったが、その不気味な体内からテグスが出てくるのは不思議でもあり、そのテグスを自分のものとするタダちゃんが羨《うらやま》しかった。テグスといってもせいぜい一尺か一尺五寸ぐらいの長さの半透明の糸で、何匹分か集めて酢につけてから、それを結び合わせて長くした。魚を釣るには専《もっぱ》らこれが使われた。村にはテグス糸を売っているような店はなかったので、テグス糸を手に入れるには、栗の木の毛虫の体内から取り出す以外仕方なかった。

（『幼き日のこと』傍線筆者）

ここでは特に傍線部に注目したい。栗毛虫をめぐる複雑な心境が示されているのだが、とりわけ、栗毛虫を殺すことへの嫌厭感に目をとめておきたい。このことは次につながってゆく。

私は山村に育っているのに、殆《ほとん》ど魚釣りをしたことはなかった。釣りは、毛虫を怖がらない子供たちだけに許された特権であったからである。

（『幼き日のこと』）

毛虫に対する嫌悪感、その毛虫を殺すことへの嫌厭感が、釣りをしないことへと連鎖してゆく様が描かれている。この流れはさらに続く。

五　蟹筌――モクズガニ

テグス虫のことを思い出すと、すぐタダちゃんの顔が浮かんで来るが、それと同じように〝蟹うけ〟と言うと、私より五つ六つ年長の本家の五郎さんという若い叔父の顔が浮かんで来る。〝蟹うけ〟というのは蟹獲り用の竹で編んだ大きな籠のことで、蟹がはいると、再び出られないような仕組に編まれている。新宅という屋号の家の友さんという人が、〝蟹うけ〟を編む名人で、蟹を獲るには友さんにその籠を編んで貰わねばならなかったが、五郎さんの方は、それを川に持って行って、蟹のはいりそうなところに伏せておく名人だった。大体に於て、七月から十月までぐらいが〝蟹うけ〟の時期であった。五郎さんは夕方〝蟹うけ〟を伏せに行き、翌朝それを引き上げに行った。私たちはめったに獲ものを貰うことはなかったが、伏せに行ったり、引き上げに行ったりする時はよく同行した。上り蟹の時は〝蟹うけ〟の中に蚕の蛹《さなぎ》を入れて、淵に投げ込んだ。その時期がすんで、下り蟹の時になると、餌は入れないで浅い瀬に伏せた。（中略）おかのお婆さんは、本家へ行っても、蟹は食べてはいけないと言った。川蟹に寄生虫が居ることを知っていたのである。

（『幼き日のこと』）

ここでいう「蟹」は、十脚目イワガニ科の中型のカニ、モクズガニである。おかのお婆さんの説く通り、モクズガニは肺吸虫《はいきゅうちゅう》の中間宿主である。狩野川水系ではモクズガニ漁が盛んでこれを食べる伝統がある。八木洋行氏は湯ヶ島の小川勝記さん（昭和六年生まれ）からの聞きとりにもとづいて次のように記している。

湯ヶ島ではカニウケで捕る。だからたいていの家ではカニウケを一つや二つ持っているという。小川さんのカニウケは女竹《めだけ》を丸のまま使っている。真竹を割って使う場合もあった。カニウケの長さは一メートル二〇センチ。最大径四〇センチ。三〇センチほどのカエシが内部につく。秋口九月から十一月までは流れの脇に口を上流に向けて仕掛ける。晩秋の下りガニはとくにうまかった。春から夏場にかけては夜に川を上るので、カニウケの口を下手に向ける。伊豆半島では「ズガニ汁」がよく食べられている。まずズガニ（モクズガニ）の足とハサミ、それに身から甲羅を外し、蟹味噌も別にしておく。足、ハサミ、身を鉈《なた》で叩く。カニを搗《つ》き潰す専門の臼を持つ家もある。叩いたカニは湯に入れ、ひと煮立てしたら味噌漉しに通して殻をとり去る。このカニの出汁《だし》がきいた汁に味噌を溶き、蟹味噌を加えればズガニ汁になる。ズガニ汁は、晩秋のご馳走だった。夕方になると、あちこちの家から、「トンコトンコ」とズガニを叩く音がして、それが谷間の村に響くのは幸せな夕餉《ゆうげ》の音だったという。

（野本寛一編『食の民俗事典』柊風舎・二〇一一年）

湯ヶ島の宇田晴子さん（昭和二年生まれ）は、包丁の背で叩き、笊《ざる》で濾《こ》して汁を取ったという。伊豆市原保では十月十五日の丸山神社の祭日にカニ汁を食べる習慣があったという。

さて、ここまで自伝的井上靖作品を緒として、鳥罠、テグス虫から釣りへの連鎖、モクズガニ漁などについて見てきた。その通覧において、他の少年たちや土地の習俗に比べて、「洪作」「私」、そこに投影されている「少年井上靖」は、その性情として狭義の「生きもの」に対するやさしげな眼ざしを持っていたことに気づく。いわゆる「殺生」を好まぬところがあったと見ることができそうである。このことは、おかのお婆さんの影響だと見ることもできそうだが、そう断定することはできない。例えば、おかのお婆さんは不殺生戒を厳かに守った人だとは言い難い。それは、『幼き日のこと』の随所に読みとれる。――数えるほどではあるが毎年、貰った「猪肉」を食べているし、本家でつぶした鶏肉も食べている。また、先に引用した通り、おかのお婆さんは本家の祖母とともに、「私」に焼いた小鳥を食べることを勧めている。蟹の禁食も別な角度からのものである。それにもかかわらず、「私」は、鳥罠を拒み、テグス虫を殺すことを拒み、それは釣りの拒みへとつながる。蟹筌《かにうけ》にも加わらなかったのである。こうした、「洪作」「私」「井上少年」の生きものに対する眼ざしは、その後の井上作品や井上靖の生き方の中に伏流することになる。「猟銃」は次のように始まる。

私は日本猟人倶楽部《クラブ》の機関誌である「猟友」と言う薄っぺらな雑誌の最近号に「猟銃」と題する一篇の詩を掲載した。斯《こ》う言うと、私は狩猟に多少なりとも関心を持っている人間のように聞えるかも知れないが、もともと殺生を極度に嫌う母親の手に育てられて、未だ曾て空気銃一挺《ちょう》手にした経験はないのである。

創作上の人物と作家とのはなれがあることは当然である。しかし、作品や作家については多様な探索が許されるはずである。

第二章　植物との相渉

一　アスナロの伝承

あすは檜《ひのき》になろう、あすは檜になろうと一生懸命考えている木よ。でも、永久に檜にはなれないんだって！　それであすなろうと言うのよ。

天城山中の翌檜《あすなろう》の老樹の近くで心中死した冴子が、生前、鮎太の家の庭にある翌檜の木について小学生の鮎太に語った言葉として『あすなろ物語』に登場する。そして、中学生になった鮎太は、下宿している寺の、年上の娘雪枝から、「学問もだめ、鉄棒もだめ、歌もだめ、ひょっとしたら不良の素質だけがあるのかも知れないわよ、あんた」「なるなら一流になったらいいわ。生半可な秀才より余程気が利いている」と言われる。鮎太はその夜、ノートに「翌檜」という言葉をいっぱい書きつけた。「あすなろ」「あすなろう」という呼称がまとっている擬人的伝承内容が『あすなろ物語』の主題と深くかかわっていることはいうまでもない。

井上靖に「あすなろのこと」という随筆があり、その冒頭に次のように書かれている。

私の郷里伊豆では槇《まき》のことを〝あすなろ〟と呼んでいる。昔もそうであったが、現在でもそうである。私の郷里の家にも門のところに大きな槇の木があって、私たちはそれをあすなろと呼んでいた。大人でもひとりでは抱えられない程大きな木で、落雷のために内部が空洞になっていて、他の樹木と違っているところが子供の私には誇らしかった。

井上靖自身がここに書いている通り、和名の「アスナロ」と伊豆湯ヶ島でいう方名の「アスナロ」とは同じ植物ではない。和名の「アスナロ」はヒノキ科のアスナロ属の木であるが、伊豆でいう方名のアスナロはマキ科マキ属でイヌマキ、ラカンマキなど槇という漢字で表記されるものだ。ヒノキ科和名のアスナロの「明日は檜になろう」の意に通じる呼称には「あすわひのき」「あすひ」などがあり、漢字表記も「翌檜」である。樹種の穿鑿《せんさく》が目的ではない。井上靖は、伊豆のアスナロという樹の呼称伝承から、「成長願望」「自己変革」「未来への意志」を抱いて努めてもそれが遂げられない場合もあるという宿命を帯びた木の伝承を掬《すく》いあげて作品の中に投影しているのである。「旅のはじめに」でも引いたように、靖自身も、『あすなろ物語』について「自伝小説ではありません。あすなろの説話の持つ哀しさや美しさを、小説の形で扱ってみたものです」と述べている。このことは、『あすなろ物語』とは別に、『しろばんば』をはじめとする大部の自伝風小説三部作を別途に執筆していることでもわかる。ここでは「あすなろ」という樹木名とその纏う伝承が、井上作品の内容を象徴することになっているのである。

マキということばは、優れた樹木を意味し、杉・檜などを指す時代もあったが、今では、イヌマキ・ラカンマキ・コウヤマキの汎称となっている。地方によってはマキノキがナラ類・ケヤキ・マユミなどを指すこともある。内田武志『静岡県方言誌 分布調査第一集 動植物編』（「アチックミューゼアム彙報」第六・一九三六年）を見ると、旧賀茂郡・田方郡では、槇の木のことをアスナロ・アスナローと呼び、その実のこともアスナロ・アスナローノミなどと呼んでいたことが記されている。

井上家の門口にあったアスナロ（マキ）は、その太さからしてイヌマキだったと思われる。イヌマキは雌雄異株だとされるが、井上家のものは雌株だったと推察される。それは、湯ヶ島の隣部落、長野の浅田喜朗さん（昭和十五年生まれ）が井上家のアスナロの木にのぼって熟れた木の実を採って食べたことがあると言うからである。イヌマキの種子は白緑色の球状をなし、秋、花托《かたく》が暗紅色の液質の果肉になる。暗紅色になると食べごろで爽やかな甘味がある。白緑色の球状の種子を頭に見たて、暗紅色の冬瓜《とうがん》型の花托を胴に見たててその総体をサルッコ・エドボーズなどと呼ぶ地もある。私が少年時代を過ごした静岡県牧之原市松本の家にも井上家ほどには至らないが太めのラカンマキの木が屋敷の入口左手に八本ほど並んでおり、疎らなマキの垣をなしていた。その木には実がなった。実を「ヤゾーコゾー」と呼んで花托が色づくのを待ちかねて採って食べたものだった。

写真⑤　ラカンマキの実

屋敷林や屋敷垣にはその地方の自然環境に対応した形態や樹種構成、そして地方ごとの呼称がある。広く知られているものに宮城県のイグネ、富山県礪波《となみ》平野のカイニョなどがある。神奈川県西部から伊豆半島にかけてはこれをシセキと呼ぶ。屋敷林・屋敷垣以外でも、屋敷の特定の位置の樹木を代々守り継ぐ習慣がある。例えば、静岡県の遠州灘ぞいの地では、屋敷の乾《いぬい》隅《ずみ》（西北角）に地の神（屋敷神）を祀り、その背後にヤマモモやシイの木を植えて守り継ぎ、それが巨樹になっている例が見られた。井上家の門口にあったアスナロの古木にはどんな意味があったのだろうか。

写真⑥　門守りのヤマモモの木
（伊豆市湯ヶ島長野箒原、浅田喜朗家）

下田街道ぞいの湯ヶ島の中心部からその東奥の長野に向かうと、門口にヒノキ・ヤマモモなどの巨樹を守っている家を見かけ、かつて門口に巨樹があったという話を耳にする。浅田喜朗家・浅田美代子家はヤマモモ（写真⑥）、浅田憲太郎家はヒノキで、野口久二家はアスナロだったが今はない。こうしてみると井上家のアスナロも決して孤立したものではないことがわかる。門口の巨樹・古木は、現実的には防風の役割を果たしてきたのだが、これを守り継ぐ習俗の基層には家の守り木と見てきた心意が窺える。井上家の場合、アスナロが避雷針の役割を果たし、母屋を落雷から守ったのであった。その痕《きずあと》を背負った魁偉《かいい》なる樹相なればこそ靖少年に誇らしい気持を抱かせたのである。落雷の痕が溝状に走る太い幹、天空に樹高を誇るアスナロの横に和服姿で立つ井上靖の写真がある（写真⑦、『新潮文学アルバム　井上靖』新潮社・一九九三年）。マキは長い時間をかけてゆっくりと生長する。木質は硬く、樹皮は灰白色で浅く縦裂し、処々に苔をまとう。

写真⑦　生家のアスナロと井上靖（『新潮文学アルバム　井上靖』より）

井上家のマキのごとき巨樹は風雪に耐えて生きぬいた翁《おきな》・嫗《おうな》のようでもある。こうした門口の樹は、外との境界木であり、結界の象徴、家の象徴でもあった。不可視の、邪悪なるものを防ぐと考えられてきたにちがいない。

宮城県の大崎平でイグネについての学びを重ねていた折、大崎市伏見の門脇徳夫家、同市砂押の村上貫一郎家の門口にヒイラギの古木が守り継がれているのを見かけた。季節は冬で雪をかぶったように白い小さな花が群れていた。ヒイラギの枝にイワシの頭を刺して、節分に玄関口に飾る例は全国的に見られる。ヒイラギの葉の突刺性には家に入らんとする邪悪なるものを防ぐ力があると考えられたからで、門守りのヒイラギの木も同断である。

「あすなろのこと」の後半には井上靖が下北半島で、雪の季節にあすなろの大原生林を見たこと、あすなろの花粉交配が厳冬の吹雪の中で行われる話を紹介している。北のアスナロは、槇とは別種のヒノキアスナロのことである。それはヒバとも呼ばれる。ヒノキアスナロは材質が優れているので北前船で西国にも運ばれた。能登には下北のヒノキアスナロが移植され、輪島塗りの膳の素材となった。能登の人びとはヒノキアスナロのことを「アテビ」(明檜)と呼んでいた。

樹木については『しろばんば』の中にも注目すべきものがある。おぬいお婆さんの故郷を訪れた時の洪作とお婆さんの会話である。「大きな家だった?」「なんの。ちいちゃな家だった。背戸に大きな椎の木があってな、家に似合わぬ大きな木があったんで、その木に敗けて、家は潰れてしまった」――ここには樹霊信仰、アニミズムの匂いが色濃く漂っている。

二　クロモジとどんどん焼き

十四日は〝どんどん焼き〟の日であった。どんどん焼きは昔から子供たちの受け持つ正月の仕事になっていたので、この朝は洪作と幸夫が下級生たちを指揮した。子供たちは手分けして旧道に沿っている家々を廻り、そこのお飾りを集めた。本当は七日にお飾りを集める昔からのしきたりであったが、この頃はそれを焼くどんどん焼きの当日に集めていた。橙《だいだい》を抜き取ってお飾りだけ寄越す家もあれば、橙は勿論、串柿までつけて渡してくれる家もあった。お飾りは、田圃の一隅に集められ、堆高《うずたか》く積み上げられた。幸夫がそれに火を点けた。火勢が強くなると、「みんな書初めを投げ込め」幸夫は怒鳴った。子供たちは自分が正月二日の日に書いた書初めを、次々にその火の中に投げ込んだ。洪作も幸夫も投げ込んだ。そしてその仕事が終ると、くろもじの枝の先端につけた小さい団子をその火に焼いて食べる、このどんどん焼きの中で一番楽しい仕事へと移って行った。この日は、男の子供も女の子供も一緒だった。

（『しろばんば』）

写真⑧　どんどん焼き（伊豆市湯ヶ島長野）

写真⑨　どんどん焼きの火で書初めを燃す（同上）

同じどんどん焼きについて『幼き日のこと』には、子供たちが字々に分かれてどんどん焼きをしたこと、各家々では、正月飾りとともにくろもじの枝にさした団子も子供たちに渡していたこと、大人たちも団子を焼いていたことなどが書かれており、「こんなうまいものは食べたことがないと思う」との感懐が示されている。

毎年四月三日に隣村の筏場《いかだば》で行われる草競馬があった。それは「馬とばし」と呼ばれていた。井上靖が「馬とばし」見物に出かける道中、粘土採取、鳥罠などのために通いなれていた東奥の隣部落長野では今でも子供たちによるどんどん焼きが盛んに行われている。本来は長野の中の沖組(奥)・中組・下組の三箇所で、一月十四日に行われていたのであるが、平成二十六年には一月十二日(十四日に近い日曜日)、午前五時から全長野地区で一箇所、大人たちの協力を得て行われた。

小正月行事の中心をなすどんど焼きは、関西ではトンドと呼ぶ地が多い。「左義長」「サイト焼き」などと呼ぶ地もある。『しろばんば』に見える、正月飾り、書初め焼きは各地に共通しており、書初めが高く舞い上がった子は字が上達するとする言い伝えも広く見られる。また、どんど焼きの灰を屋敷に撒くと蝮除《まむしよ》けになると伝える地もある。長野の浅田喜朗さんはどんどん焼きの燃え残りの木片を屋根にあげると防火の、縁の下に入れると水難・諸難除けの呪いになると伝える。渋作が最も強い反応を示すのはクロモジの枝に刺した団子、その団子焼きであり、団子の味である。クロモジの枝に刺した団子はどの家でも神棚・歳神《としがみ》棚・エビス棚・仏壇・塞《さい》の神など

写真⑩　どんどん焼きの団子焼き（同前）

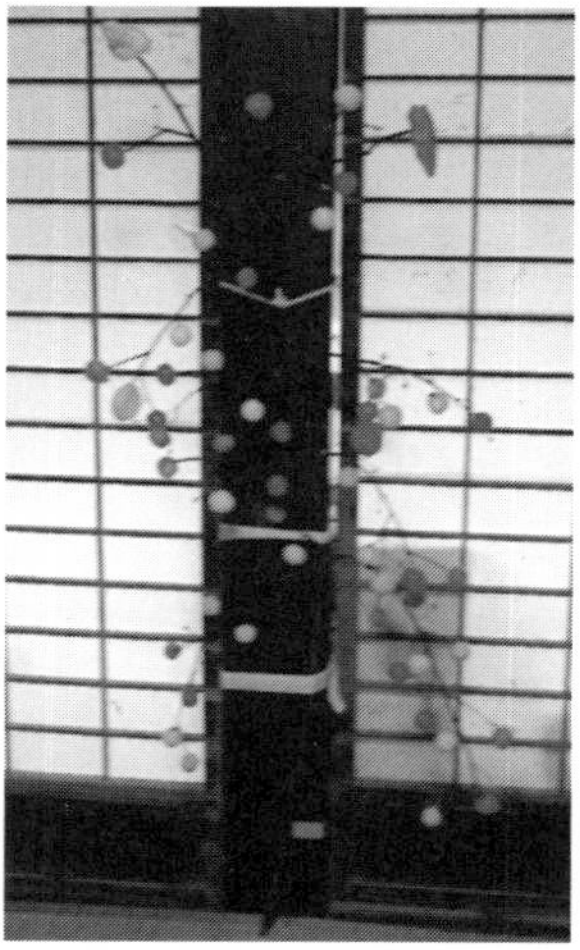

写真⑪　クロモジの枝に刺された小正月の花団子（伊豆市湯ヶ島長野、浅田喜朗家）

に供えた。浅田喜朗家では今でも、俵・山葵《わさび》・繭玉《まゆだま》・椎茸《しいたけ》・里芋などの形を模した模造団子を米の粉で作る（写真⑪）。これらを「花団子」と総称するが、これは、その年の作物の豊穣予祝の呪物となっているのである。長野下組の浅田くみさん（大正十年生まれ）は小正月の団子について次のように語る。団子用には毎年米を二升使った。米を洗い、よく乾燥させてから石臼で粉化した。どんどん焼き用の団子は神仏に供えるものよりやや大きくした。クロモジの枝の長いものには七個、短いものには五個つけた。この団子をどんどん焼きの火で焼いて食べると風邪もひかないし、流行病にもかからないと言い伝えた。クロモジの芳香が団子に移るので香りもよくおいしかった。クロモジは天然林の下に生えていたが今は減ってしまった――。浅田喜朗さんは鹿が増殖してからクロモジが特に減ったという。また、クヌギやカシワの枝に刺した団子は黴《か》びるがクロモジの枝に刺した団子は黴びないとも語る。石川県白山市白峰でも、小正月、米団子の繭玉をクロモジの枝に刺していた。

クロモジはクスノキ科の落葉低木で枝を折ると芳香を放つ。和菓子に添える楊枝の素材として広く知られる。クロモジの葉・皮を蒸留してクロモジ油と称し、香水・石鹼・化粧品などの香料にする。天城山麓からもその原料としてクロモジが出荷されたことがある。

クロモジについてはさらに広く見てみたい。東北地方や新潟県などでは今でもクロモジのことをトリキ・トリキシバなどと呼ぶ。柳田國男は『神樹篇』の中の「鳥柴考要領」(初出一九五一年)でクロモジ即ちトリシバについて次のように記している。

京都でもこれは鳥柴という名称が行われていた。そうしてその名の起りも不明ではなかった。多くの鷹匠の家の伝書、または上流武家の間では、鷹狩の獲物の鳥を人に贈るのに、必ず一定の樹の枝に結わえ付けて持って行く作法があったが、中でも四季を通じて最も普通に用いられたのがこのクロモジの木であったゆえに、それで鳥柴という名が生れたのであった。（中略）私はそれから一歩を進めて、以前は人ばかりか神様に狩の獲物を奉る場合にも、やはりこの木を選択したかということを考えている。奥羽・北陸等の山間の村で、猟師が猟を終って毛ぼかいまたは毛祭（熊の皮を剝ぎ、再度その皮をかけて熊の霊を送る儀礼）という祭を行う際に、同じ鳥柴の小枝に、獲物の一小部分を切って挟んで、山の神に供える風習は今でもある。

また、山陰一帯では、小正月の餅をクロモジに刺し、クロモジを福木と称したことにふれている。さらに、中部地方で盛んな御幣餅《ごへいもち》が神に神饌《しんせん》を捧げる形の一つだったとし、西美濃の山村に、クロモジの枝に飯の固まりをつけて供える形があることを語り、神に捧げる諸物をクロモジの枝に刺して供える形があったと考えている。してみると、井上靖が少年の日に親しんだどんど焼きのクロモジ団子や神仏に供えたクロモジ団子は古層の日本文化の美しい伝統の一つだったことがわかる。

さらに、柳田は同論の中で、「榊葉の香をかぐはしみとめくれば云々」という神遊びの古歌をひき、古代には、榊は今の真榊とは限らず、多種あり、その主流の一つに「芳香」を発するクロモジがあったことを推察している。このことは、鳥柴が単に鳥の臭いを消すという目的にとどまることなく、神に芳香を献じ、芳香によって神をお招きしようとする信仰心意があったことを考えさせてくれる。熊を対象とするマタギ系の猟師がクロモジの枝に肉片を刺したことが紹介されているのであるが、熊を対象とする猟師はさまざまな形でクロモジを使ってきた。新潟県魚沼市大白川では、熊狩に入る前、里山と狩場との間にある山の神の祭り木、ブナの巨樹のもとで入山儀礼を行った。狩猟組で一本のクロモジの枝を用意し、個々の猟師がおのおの和紙に馬の姿を版刷りにして紙捻《こより》でクロモジの枝に結びつけた。クロモジの枝は総《ふさ》状・幣束《へいそく》状をなした。これを、ブナの木の根方に挿し立てて豊猟と山の安全を祈った（住安正信さん・昭和二十六年生まれ）。岩手県岩手郡雫石町切留では、熊を捕獲するとその場で熊を頭北伏位に寝かせ、その右肩上の雪の中にトリキシバ（クロモジ）のケズリカケ（皮を剝《む》き、上部に羽状の削《けず》り総《ぶさ》を削り出したもの）を立てて呪文を唱えた（横田捷世さん・昭和十八年生まれ）。

焼畑の火入れに際しても火の安全を祈って焼畑地の上部にクロモジの枝を立てる儀礼が静岡市葵区田代・静岡県榛原《はいばら》郡本川根町梅地《うめじ》・長野県下伊那郡天龍村坂部などで行われていた。鳥取県八頭《やず》郡智頭《ちづ》町上板井原では、正月にコヅミ木と称し、庭の牛つなぎの杭に、ヌリダ（ヌルデ）・フクギ（クロモジ）・クリノキの二メートルほどのものを縛りつけた。これに米粒を包んだオヒネリを十二個、閏年《うるうどし》には十三個くくりつけた（平尾新太郎さん・明治四十一年生まれ）。こうしてみると、クロモジの枝が、幣束や神籬《ひもろぎ》に相当するものとして重要な働きをしてきたことがわかる。

写真⑫　塞の神の頭にどんどん焼きの灰を載せる（伊豆市湯ヶ島長野）

静岡県榛原郡川根本町から静岡市葵区井川にかけて、クロモジは猟師が神様からたまわった木だとする伝承がある。クロモジは雨の中でも雪の中でも着火しやすいというのである。積雪地帯ではクロモジを輪カンジキの素材の一つとして大切にしてきた。

長野のどんどん焼きでは、〽ドンドン焼きゃ十四日　猿のケツァーマッカッカ火つけるぞ火つけるぞ――と子供たちは大声で叫びながら各戸をまわって点火を告げた（浅田喜朗さん）。長野のどんどん焼きにはもう一つ大きな特徴がある。火の盛りに書初めを燃し、火が静まって熾《おき》状になってから団子を焼く。どんどん焼きの火が消えると子供たちは水をかけた黒灰をバケツに入れて下組のムラ境近くにある塞《さい》の神《かみ》に向かう。その頃はもう明るくなっている。子供たちは上級生から学年順に黒灰を塞の神の頭上に載せる。頭上には灰の山ができあがる。沖組にも塞の神があり、こちらは沖組の子供が灰を塞の神の顔や体に塗りつける。この異様な習慣は一体何を意味しているのだろうか。

下組の浅田くみさんは、かつては下組の塞の神の石像をどんどん焼きの火の中で焼いたと語り、沖組の浅田喜朗さんも、二体ある塞の神像の古い方を火の中に入れていたと言う。筆者も静岡県御殿場市萩蕪《はぎかぶ》で一月十四日のさいと焼きに道祖神を火の中に投げ込むのを見たことがあった。塞の神や道祖神の石像を火で焼くという信仰心意は、一年間、ムラびとたちに降りかからんとした厄災をムラびとたちの代わりに背負ってくれた塞の神・道祖神をどんどん焼きの火の中に入れ、その厄災を焼き払い、塞の神・道祖神に再生していただこうというものであろう。どんどん焼きの灰を、塞の神の頭上にかぶせたり、顔や体に塗りつけるという長野の子供たちの行為は、焼くことの代替儀礼だとみてよかろう。

下田街道から一歩はずれた湯ヶ島宿の奥隣の長野には古層の民俗が種々伝承されている。井上靖の原郷はこうしたところにも連っている。今後、さらなる探査を進めてみたい。

三　植物利用と月の盈虚

本家にはへちま棚が作られてあった。もともと夏の西陽を避けるために作られたもので、秋風が吹き始める頃になると、へちま棚の使命は終ってしまう。九月の終りか十月の初め頃のことであろうと思うが、本家の祖母は毎年のように、へちまの茎からへちま水を採った。へちまの茎を地面から一、二尺のところで切って、それを折り曲げて、ビール壜《びん》の口に挿し込む。そしてそれが外れないように壜の口のところを油紙で包んで、紐でしばっておく。そうした作業はいつも月夜の晩に行われた。月の出ている夜が、いいへちま水が採れると言われていたからである。月夜のこうした作業は、子供の私にも何がなし淋しいものに感じられた。（中略）ビール壜は二、三日、そのままにして置かれる。時々へちま棚の下に行って覗いてみると、へちま水はその度に少しずつ量を増している。へちまの茎からもう一滴の水も採れなくなると、祖母はビール壜をとり外し、おかのお婆さんの分として、その内容物の幾らかを小さい壜に移してくれる。こうして採ったへちま水は無臭であるが、顔や手につけると、やたらにつるつるした。村に一軒ある薬局に持って行くと、香料を入れてくれたが、本家の祖母も、おかのお婆さんも、無臭のものを貴しとしていた。冬が近くなると、幼い私も、風呂から出る度に、やたらにへちま水を顔や手になすりつけられたものである。へちま水を採るのは、本家の祖母ばかりではなかった。へちまの棚のある農家では、どこでも女の人がへちま水を採った。

（『幼き日のこと』傍線筆者）

へちま水にかかわる民俗が詳細に記録されている。特に注目したいのは傍線を引いた部分である。一体なぜへちま水が月夜と関係するのだろうか。見逃しがたい伝承である。実はこの伝承と対照的な、植物伐採と月の盈虚《えいきょ》にかかわる伝承がある。和歌山県田辺市本宮町皆地《みなち》の田畑清乃さん（明治四十二年生まれ）から昭和六十三年に次のような話を聞いた。――満月を中心とした月夜めぐりの日の昼間に樹木や竹を伐採すると、伐採した素材に虫がつき、長持ちしない。木や竹を伐採するのは闇夜めぐりの日でなければならない――。田辺市本宮町発心門《ほっしんもん》の野下定雄さん（明治三十七年生まれ）は、「竹は旧暦八月の下闇《しもやみ》が伐り旬」だと語った。こうした伝承は熊野から奈良県の吉野地方を中心に各地で語られてきた。類似の伝承はオーストリアにもある（エルヴィン・トーマ著、宮下智恵子訳『木とつきあう智恵』地湧社・二〇〇三年）。

筆者は、月の盈虚と植物伐採の伝承は細胞の活動に関係するにちがいないと推察してきたが、確信が持てないでいた。ところが、井上作品に登場する「へちま水採取と月夜の伝承」を読み直し、両者を並べて見た時、霧が晴れてゆくような爽快感を覚えた。――満月を中心とした月夜ざかりには植物の水あげが盛んになる。したがってへちま水はたくさん採れる。対して、建築用木材や工芸用竹材を月夜ざかりに伐ると、木や竹が水分を多く吸いあげているので、虫がつきやすく、耐久力も弱くなると考えることができる。井上靖は鋭い感性と強い記憶力によって、単に旧暦の月夜めぐりの日というのではなく、祖母が月光を浴びながらへちま水を採取している姿を書きとどめているのだ。長野の浅田喜朗さんは萱葺《かやぶ》き屋根に使う竹材の伐期を、旧暦で「八月の闇竹」「九月の闇竹」「十二月の闇竹」と伝えている。この闇は熊野の伝承と同じく、下闇、即ち月旬の闇夜めぐりの日を意味している。天城山麓には「植物利用と月の盈虚」にかかわる深い伝承が生き続けてきたのである。湯ヶ島の与市坂《よいちざか》から松ヶ瀬に嫁いだ勝又久江さん（昭和十二年生まれ）は秋、山葡萄や蝦蔓《えびづる》の実を採って食べた後、その蔓を切って根方の切口をビンの口に挿して山葡萄や蝦蔓の水を採った。この水は眼薬・突き眼などの薬にしたのだという。蔓性植物の水を採る民俗があったことがわかる。この、植物水採取に際しては、井上靖が記してくれた通り月夜めぐりの日を中心に行われていたのである。

井上作品や天城山麓にはこの国の民俗の謎を解く鍵が散りばめられている。

第三章　食の民俗

天城山塊北麓、この地の四季のめぐりに連動した子供たちの遊びは変化に富んでいた。その遊びの数々、風土性を滲ませた本家の年中行事、おかのお婆さんとの土蔵での暮らしの日々の食生活などは、井上靖の心や文学に底流する基調音形成のひとつの土壌となっている。

狩猟・漁撈・遠隔地探索に脈絡を持つような小学校高学年の遊びについては別に述べるとして、ここでは次の記述に注目したい。

小学校へ上がってからは農家の子供たちにつき合って、食べられるものは、うまかろうと、まずかろうと、何でも食べた。春先になると、虎杖《いたどり》、かんぽ、つばな、そんなものを食べた。ぐみも食べ、あけびも食べた。苺や桑の実はもちろんのこと、スイッパという酸っぱいだけ

写真⑬　イタドリ。タデ科の多年草、茎は中空で、噛むと酸味がある。広く山菜として食べられる

の雑草も食べた。つつじの花も食べ、つつじの葉が変形してふくらんだのも食べた。山桃、さくらんぼ、椎の実、それから山芋の蔓にくっついている〝むかご〟というのも食べた。ニッキの木の皮をむいて、それも食べた。蜂の子も食べ、メンザと呼んでいた孵化したばかりの魚の子も食べた。

（『幼き日のこと』）

ここにはあらゆる採集系の食物を食べつつ野辺・里山めぐりをする遊びがある。季節のめぐりの中で、旬の採集物を味わいつつ遊ぶのである。若干の年齢階梯のある集団の中で、これは食べられる、これは食べられない、○○はどこの山に行けばあるという伝承が生きており、味覚の実習にもなった。こうしたことが、行動力、未知なるものへの探究心を養ったのである。

一　季節の食べもの

1　春――山菜・野草

先に紹介した文章の中にも春の山野草はあったが、春の食膳に、「うどの和物《あえもの》」「芹《せり》」「蕨《わらび》」「蕗《ふき》の薹《とう》」などが載ったことがとり立てて書かれている。これらの山菜・野草には、独得の苦みや刺激があるので一般的には幼少年にはあまり好まれないのだが、幼少年期の井上靖が毎春これらを食していたことは注目される。

写真⑭　蕗の薹

山形県・福島県・新潟県などの積雪地帯を中心に「キドい」という形容詞の方言が今でも生きている。それは、苦み・渋み・蘞《えぐ》み・酸味などを渾然とさせたもので、味覚・嗅覚の刺激が極めて強いものであることを意味している。右記の山菜・野草はまさしくこれに該当する。そして、これらの雪国では、「早春に、キドさのある山菜・野草を食べて冬の穢《けが》れを除く」「山菜のキドさで冬の汚れを除く」といった口誦句が広く語られてきた。深い雪に行動力を阻まれ、運動不足になり、精神も鬱屈する。雪に閉ざされて冬籠りをする人びとは、キドさのある山菜・野草を食べて籠りの季節から復活し、活動の季節、春を迎えたのだった。天城山塊北麓の地は雪に埋もれる冬籠りの地ではないが、この地の冬は作家が指摘するごとく底冷えのする厳しい冬であるだけに、春の生命力・大地の力の満ちた山菜・野草を食べ、自然の生命力を体内に迎えて活動の季節に入っていたのである。

2　夏——天城の天然氷

ひと夏に二回か三回、氷のぶっかきにありついた。どこからか貰うこともあれば、おかのお婆さんに連れられて、集落のはずれにある氷蔵まで出掛けて行って、氷を買って来ることもあった。氷蔵と言っても、農家の納屋を改造したもので、そこを管理している家の人が鍵を持って氷蔵へ案内してくれた。表戸を開けると内部は薄暗く、冷たい空気が立ち籠めている。案内人は床の板をめくって、地下の穴から氷の固まりを取り出すと、鋸《のこぎり》で適当な大きさに切り、残りは再び地下の氷室に仕舞い込んだ。（中略）土蔵に帰り着く頃は、バケツの中の氷は大分減っている。おかのお婆さんは、その氷を出刃庖丁で二つか三つに割り、その一つを布巾に包んで、上から金槌《かなづち》で叩く。そして小さくなったのをどんぶりに入れ、白砂糖をかけて、私の前に置く。それからもう一度同じ操作を繰り返して自分の分を作る。土蔵の入口に並んで腰を降ろし、二人が氷を口の中に入れるまでに大分手間がかかる。

（『幼き日のこと』）

写真⑮　天城峠の氷室。北向き、山地掘鑿、石垣構築などにより日照を避けて低温を保つ

天然氷を貯蔵する氷室（氷蔵）の様子、近代製氷の掻き氷とは異なる天然氷ブッ欠きの食法などがじつにわかりやすく描かれている。

旧天城トンネル北口からなだらかな坂を約一キロほど北へ下ると、本谷川に架かる白橋に出会う。橋の手前上手、北向きの陰地に山を削って構えた厚い石垣で守られた氷室がある（写真⑮）。冬から夏まで天然氷を貯蔵するために陰地が選ばれる。この地に天然氷の氷室が営まれたのは大正初期から昭和初期にかけてのことだとされている。氷室の上手には三面の氷池を確かめることができた。池はコンクリート打ちで五間に五間、五間に三間ほどなどまちまちだが、深さは五〇センチである。天城本谷の清浄な水を、順次、ワサビ田

写真⑯　段差を利用して水を下方に導く棚田・ワサビ田型にくふうされた土着的な氷池

写真⑰　水生地近くにある廃棄されたワサビ田。段差地形を利用している

のように上から下へ送る形で水路が設けられている（写真⑯）。狭隘な地に造成された天城の氷池には、地元のワサビ田・棚田の技術が生かされている。伝承では一晩で一〇センチになる氷を重ねながら厚くしたと伝えられるが、その詳細は不明である。また、他に数面の氷池があったと伝えられている。

近代以降も、食品冷蔵、病者の解熱、蚕種の孵化抑制などのために天然氷が活躍した。長野県飯田市の宮下宏さん（昭和六年生まれ）から天然氷の製造について聞いたことがあった。まず、清浄な水の選定・導入、ゴミ類の徹底排除。零下七度で池の水は氷る。氷上に降る雪も製氷には大敵で直ちに掃き除く。親方は気温・気象に気を配りながら氷切り出しの日を決める。筋入れ人・切り人・落とし人などが組織的に働き、切り氷は氷室に運ばれ縦に並べられる。上・下・横にオガ屑をつめる。こうして夏まで貯蔵されるのである。――天城の氷室は松本清張の小説「天城越え」にも登場する。

天城で天然氷作りが可能になったのは何よりも、天城の冬の冷厳な気候環境と清浄な水による。氷室のある位置の対岸山中には「水生地《すいしょうち》」と呼ばれる地がある。この地名には、ワサビ栽培・稲作・日々の暮らしで美しい水を愛でる天城湯ヶ島の人びと思いが感じられる。

この地で天然氷が作られ、氷室が営まれた要因――それは、名湯、湯ヶ島温泉の温泉宿を中心に、周辺地域の温泉宿や料亭の近代化の中での要請に応えるため、さらには、明治三十七年旧天城トンネルの完成を機に、湯ヶ島から下田へ、さらに大島へと続く新たなる観光ルート開発もかかわっていたものと思われる。

幼い井上靖がおかのお婆さんと訪れたという湯ヶ島集落の中にあった氷蔵は、天城峠の天然氷を湯ヶ島温泉の宿や、上・下流部の温泉宿、あるいは湯ヶ島の人びとに分売する取次の氷室だったことがわかる。引用文中にもある「管理している家の人」「案内人」といった表現によってもそれが知れる。

古代氷室は『日本書紀』仁徳天皇六十二年条に見える。その後の時代にも、氷下賜や氷献上の記録はある。民俗事例としても、六月一日を「氷の朔日《ついたち》」「氷餅休み」などと称し、氷や凍み餅《しもち》を食べる地がある。夏を乗りきるための儀礼だと考えることができる。新潟県村上市には「衣脱《きぬぬ》ぎトロロ」と称し、この日とろろ汁を食べる慣行があった。人の皮が剝ける日だと伝えるのであるが、夏を迎える再生儀礼だとも考えられる。制服を夏服に替えるのもこの日である。この日は厳しい夏を乗りきるための体力充実・生命力再生の日とされていたのである。

幼い靖とおかのお婆さんが並んで氷を食べている姿はほほえましい。楽しい姿であるが、ここには夏を乗りきる古層の祈りも感じられる。

3 初秋――金山寺を仕込む

伊豆の農村では、昔は三度三度金山寺味噌を食卓に出したものである。それを造る家によって、多少金山寺味噌の味が異ったり、その中に入れてある野菜の種類が違っていたりした。西平《にしびら》という字にある親戚の家の金山寺味噌が最上であるということになっていた。（中略）おかのお婆さんによって注ぎ込まれた金山寺味噌への信仰は、今も私の中で生きているのである。

（『幼き日のこと』）

「生姜《しょうが》とらっきょうと金山寺味噌が常に食卓の上にあった」「オナメって、お味噌のオナメ？」（『しろばんば』）などのように金山寺味噌が頻出する。

金山寺は『夏草冬濤』で、洪作が湯ヶ島に帰省して祖父母と朝食を共にする場面にも登場する。

祖父の文太、祖母のたね、それに洪作の三人で小さい食卓を囲んだ。味噌汁のほかに金山寺味噌、漬もの、福神漬、わさびの茎の酢漬、そんなものが小さい器にはいって並んでいる。以前と何も変らぬ食卓である。上の家ばかりではなく、この部落では、どの家の朝飯も似たようなものである。

味噌には調理味噌と副食味噌とがあり、副食味噌のことを嘗《な》め味噌・嘗めものとも呼ぶ。金山

写真⑱　仕込み中の金山寺

寺（径山寺）味噌は嘗め味噌の代表である。「オナメ」とはその別称である。湯ヶ島の字長野下組の浅田くみさん（大正十年生まれ）は以下のように語る。「オナメを仕込むのは夏蚕《なつこ》あがりの九月だった。それは茄子《なす》・生姜・紫蘇《しそ》の実の収穫を待っての時期で、これらをオナメに入れなければならないからだ。煎った小麦と大豆・小麦麹・塩、それに先の野菜の干したものを漬けこむ。一か月漬けると十月十七日の長野神社のお祭りには新しい金山寺を食べることができた。新しいオナメを餅につけて食べるととてもおいしい。また、オナメ茶漬には、必ず焙炉《ほいろ》で揉んだお茶を使った」

——長野沖組の浅田純子さん（昭和二年生まれ）は、「オナメは、茄子・生姜がとれてから九月に仕込んだ。大豆と裸麦《はだかむぎ》を大釜で煮て、麹・塩・乾燥させた野菜を混ぜて寝かす」と語る。沖組の浅田喜朗（昭和十五年生まれ）家では次のようにした。オナメは九月に仕込む。茄子・生姜・胡瓜を干したもの、小麦と大豆、米糀《こめこうじ》を混ぜて塩を加える。長野神社の祭りには餅に新しいオナメをつけて食べる。オナメ茶漬は朝飯か昼飯に食べた。

筆者が育った静岡県牧之原市の旧菅山村域では金山寺のことを「ナットウ」と呼んだ。そこには糸引納豆の食習はなかった。仕込みは秋茄子がとれてからと言い伝えられていた。野菜類は茄子・生姜・紫蘇の実、それに冬瓜《とうがん》が入っていた。昼食には毎日これを食べていた。いまだに執着があり金山寺を買い求めて食べるのだが、総じて甘味が過剰で少年期になじんでいた引き締まった味にはめぐり会わない。調理味噌は通常大豆一升に対して〇合塩といった基準があり、寒いところほど塩分を少なくし、暖かいところほど塩分を多くしなければならないとされている。金山寺も、地方や家々によって混合野菜の数や量が異なるので、塩の量も味も異なってくるのである。

4 秋①――とろろ

「お茶漬サラサラ、とろろでツルツル」という言葉をおかのお婆さんから教わった、とある。ここには、「お茶漬」と「とろろ」を喉越しの速さで括り、同音反復の擬声語で対応させるおもしろさがあるのだが、じつは、お茶漬は簡易食・褻《け》の食、とろろは御馳走・晴れの食なのである。『しろばんば』の中に、洪作が沼津の「かみきの小母さん」から、お御馳走では何が好きかと尋ねられる場面がある。洪作は、真先に「とろろ」をあげる。小母さんは、好意から、天ぷら・おすし・天どん・茶碗むしなどを次々とあげるが洪作はすべてに拒否反応を示す。洪作にとって、とろろは最高の御馳走だったのだ。天城の山の幸である。『夏草冬濤』で洪作が門野原の伯父の家を訪れた折にも接待食物としての「とろろ芋」が話題になっている。とろろとは、自然薯《じねんじょ》を擂《す》りおろして、ダシを利かせた汁で薄めたとろろ汁のことだ。全国的に見てこれを最高の御馳走だとする山村は多かった。東北地方では、餅や雑煮とは別に、正月三箇日にとろろ汁を食べる地がじつに多い（野本寛一『採集民俗論』昭和堂・二〇二〇年）。長野県の伊那谷にも正月の「擂り初め」がある。

日本人の中には粘着性食物（ネバネバ食・スティッキーフード）を好む太い流れがある。その典型は「餅」である。佐々木高明は、餅の基層にあるものは稲作以前の里芋で、それをつぶしたものだったのではないか、と述べている（『続・照葉樹林文化――東アジア文化の原流』中公新書・一九七六年）。里芋の原産地は熱帯だがこの国の中でも北漸した。これを家近くの定畑で栽培したことから「里芋」と呼ばれてきた。対して、野生のヤマノイモ科の自然薯は一般に「山芋」と呼ばれている。山芋は採集根茎類で、始原以来、縄文以来の採集根茎類であり、その粘着性は著しい。粘着系儀礼食物を溯源すれば、餅↓里芋にとどまることなく、明らかに、餅↓里芋↓山芋という図式が確認できる。洪ちゃがこだわった山のムラの御馳走「とろろ汁」は、この国の、古層の晴れの日の食物だったのである。

湯ヶ島長野の浅田喜朗さんは、長野には山芋の「山の口あけ」があり、それは十一月一日だったという。山の口あけとは採掘解禁日のことで、その日までムラびとたちは勝手に山芋を掘ってはいけないのである。山芋は、貴重な山の恵みであるため、共同体で共同管理されていたことになる。屋根葺《やねふ》き萱《がや》の萱刈りにも「山の口」があり、それは十一月十日ごろだった。萱刈りのためにムラびとたちは出合いで山道の整備をした。山道整備が終わると、その夜、とろろ汁で宴会をした。なお、浅田家では毎年一月二日の夕食に必ずとろろ汁を食べる。

5　秋②――美濃柿と木守柿

みの柿の木は、私の家にしかなかった。おかのお婆さんは、それを木につけたままで熟させることを望んでいた。しかし、折角赤くなりかかると、鳥がつついたり、果実そのものの重みで木から落ちたりした。そんな時の祖母の落胆の仕方は烈しかった。（中略）だめ、だめ。夏蜜柑でも柚柑《ゆこう》でも、何でも上げるけど、これだけはだめ。これは坊のもの、（中略）鳥がつつき出す頃になると、おかのお婆さんは、近所の人を頼んで、みの柿をみんなとってしまい、それを米櫃《こめびつ》に入れた。私は毎日のように、まっかに熟れた果物を一個ずつ食べた。半分に割って、二回に食べた。夜は体が冷えるからと言って与えられなかった。（『幼き日のこと』）

美濃柿《みのがき》は岐阜県美濃加茂市蜂屋原産の渋柿で、実は大きく、長さ一〇センチ、二五〇グラムに及ぶものもある。長楕円体で頂部がとがり、四本の溝がある。蜂屋柿ともいう。湯ヶ島長野小字箒原《ほうきはら》（沖組）の浅田重子さん（大正八年生まれ）は次のように語った。美濃柿のことは大柿とも呼んだ。正月にはコガネ餅と称して山梔子《くちなし》で色着けをした餅を搗いたのだが、これに美濃柿の熟柿をジャムのようにしてつけて食べたものだ。長野の浅田喜朗家では、美濃柿を、米櫃の中に藁を敷いて置いたり、キリダメと呼ばれる麴蓋《こうじぶた》に並べて保存したりした。麴蓋一杯五十個入った。正月まで置くと熟柿になる。一月四日には美濃柿の熟柿を仏器に盛って仏前に供えた。来客には美濃柿の熟柿を皿に盛って出した。この地方においては、柿の中でも美濃柿が特別に扱われていたことがわかる。

浅田喜朗家には美濃柿の木が二本あり、その柿の木の権利は祖母のちさ（明治二十六年生まれ）にあるとされ、美濃柿は祖母が管理していた。長野県飯田市立石では曾祖母のことを親しみをこめて「ひいさま」と呼んだが、同地の佐々木要蔵（大正七年生まれ）家には「ひいさまの柿の木」と呼ばれる市田柿の木が二本あり、柿の実はひいさまが管理していた。大阪府の南河内の山地には次のような慣行があった。女性が嫁いできた折に渋柿の木を植え、木が実をつけるようになると干し柿にし、小遣銭を得た。そして、老いて他界した時にはこの木を火葬の薪に使った――。女性が管理する柿の木の民俗は様々あった。おかのお婆さんが坊のために守った美濃柿の木も右の事例と無縁ではなかろう。

井上靖の散文詩に「木守柿」がある。「畑仕事をしている内儀さんに訊いてみると、鳥の餌に一個だけ残しておいてあるんだと言う。しかし、うどん屋の親父さんの話では、あれは木守柿と言って、柿の木のお守りであると言う」（『乾河道』一九八三年）――。「木守柿」の習俗の淵源は古いものと思われる。狂言「合柿《あわせがき》」（渋抜き柿）の中に次のようにある。〽返せ　合わせ柿と、言えども言えども　取り残さるる、木守の　いにしえの　人丸、柿の本に休みて……。高崎正秀は「葉守神考」（初出一九三七年、『金太郎誕生譚』桜楓社・一九七一年）の中で、「柏木に葉守の神のましけるを……」をはじめとして「葉守神諸説」「幸魂と木まぶり」などの論を展開している。その中に静岡県伊豆の国市大仁《おおひと》出身の穂積忠の日本民俗協会談話会の発表として以下のように記している。「伊豆の山奥での話であるが、山の木を皆伐つて了ふ時、即ち〈山が終る〉と、その山の木を一本だけは必ず残して祭る。さうした山の神として祀つた木は、後で知らずに其の木を伐り、もしくは枝を折つても祟られる。（中略）山中に大きな楠や檜などに七五三を張つて神木として残つてゐるのは、〈木の幸〉として次の山の土台として残してあるのであらう。さすれば、蜜柑や柿の様ななりものも、実を全部とつてしまはないで、必ず一つだけ残す。これを「種にとつておく」といふが、やはり幸の信仰から来てゐるであらう（「日本民俗」二ノ六）」。種木を残す民俗については、滋賀県の甲賀市信楽町多羅尾の岩田勘三郎さん（大正五年生まれ）から松茸山の事例として聞いたことがあった。井上靖は「木守柿」の習俗について伊豆湯ヶ島で耳にしていたもの、と思われる。

6　冬――猪肉・ひねり餅

冬になって猪《しし》の肉を貰った時とか、本家で鶏をつぶした時とか、そんな場合しか肉は口に入らなかったようである。

（『幼き日のこと』）

猪肉は臭い消しや相性から、葱・牛蒡《ごぼう》・大根などと味噌味で煮ることが多いが好みにより様々である。鶏肉は冬とは限らず、来客などの折に鶏がつぶされる。それは、釈迢空の歌に「ゆくりなく訪ひしわれゆゑ、山の家の雛の親鳥はくびられにけむ」（『海やまのあひだ』）と詠まれたごときものである。

寒くなると、酒を造っている親戚の家では酒の仕込みが始まり、他村から何人かの男たちがやって来て、毎日のように酒蔵で働いた。この酒の仕込みの時期に、私は眠いのを我慢して、暗いうちに起き出し、祖母に連れられて、田圃の畔道を通って、親戚の酒蔵にひねり餅なるものを貰いに行くことがあった。

（『幼き日のこと』）

「ひねり餅」とは、造り酒屋の竈《かまど》で、醸造用の米の蒸し具合を確かめるために蒸し米を指先でおさえて練ったものをいう。一般的には、余分にひねって、神棚に供えたり、得意先に配ったりする。靖少年はそれをさずかったのであり、一冬に二、三回の楽しみだった。これは、本来的に言えば、仕込み祝いの返礼だったのである。家々の味噌づくりでも、仕込み祝いが行われていた。その返礼には煮豆をさずかるのが習いだった。

7　土蔵の暮らしと食のこよみ

おかのお婆さんとの土蔵の暮らしの中には「食」のきめごとがあった。毎月の決まりは六日の汁粉、これは靖少年の誕生日（明治四十年五月六日）のお祝いである。十一日のちらしずしは曾祖父潔の命日、他に月の中ごろおはぎを作った。そのほか通知表を持ち帰る日にはおかのお婆さん最大の御馳走、「ライスカレー」と決まっていた。病気の時の葛湯《くずゆ》、食の進まない時のそばがき。汁粉には、餅のある時は餅が、餅のない時は糁粉《しんこ》団子などが入っていたものと思われる。

二　粉食

1　ソバ

『しろばんば』の中に心に沁みる場面がある。

十月の中頃のある夜、洪作はおぬい婆さんのためにそばがきを作ってやった。そば粉を茶碗

右：写真⑲　そばがき
左：写真⑳　そば粉の精選で段階的に使う篩

の中に入れ、熱い湯を少しずつその上にかけて行って、それを箸で掻き廻した。おぬい婆さんは、洪作の手もとに眼を当てながら、何度も、「火傷《やけど》しなさんな」と注意した。おぬい婆さんはうまそうにそばがきを食べた。「洪ちゃに作って貰ったそばがきを食べれば、これで思い残すことはない」そう言ったと思うと、おぬい婆さんは皺だらけの手を眼のところへ持って行った。おぬい婆さんの眼からは涙が出ていた。「洪ちゃに、ずいぶんそばがきを作ってやったが、とうとう婆ちゃも、洪ちゃに作って貰うようになった」おぬい婆さんの声は震えていた。洪作もこの時、烈しい感動が胸に衝《つ》き上げて来るのを感じた。

現在、ソバと言えばそのほとんどがソバキリであり、そばがきはほとんど見られない。そばがきの製法は引用文中にある通りである。練りあげられたものを箸でつまみ、醤油をつけたり、醤油と薬味を混ぜてつけて食べるのが一般的で、これはソバの褻《け》の食法である。対して、ソバキリは晴れの食法だった。湯ヶ島に生まれ育った斎藤仙三さん（明治二十五年生まれ）は当地のソバの食法として、㋐ソバ粉を練って水団《すいとん》のようにして食べる。㋑そばがきは、練る時に塩を混ぜて塩味にした。㋒塩味のそばがきを団子にして食べることもあった——と語っていた。

筆者も幼少のころ、風邪をひいたり、体調を崩したりした時、曾祖母まみ（明治六年生まれ）がそばがきを作ってくれた。それは新ソバを、まみが石臼で碾《ひ》いたものだった。何度も種類のちがう篩《ふるい》にかけて精選するものの、どうしても、焦げ茶色の、細かいソバカス（皮）が混ってしまう。精度の高い現在の製粉機で作られた細かく白いソバ粉とは異なり、灰色がかっていた。練りあげられたソバを箸でつまんで手塩皿の醤油をほんの少しつけて口に運ぶ。ソバの香が鼻孔に満ちた。うまかった。今、あの香りにめぐり会うことは稀だ。

2　麦粉

（前略）楽しかったのは麦粉である。湯でねらないで、そのまま口に頬張ると、口の中も、口の外も粉だらけになった。

（『幼き日のこと』）

『しろばんば』では麦粉のことを「はったいの粉」と表現している。ハッタイ粉という呼称は、石臼（碾臼）以前の竪臼《たてうす》・搗《つ》き杵《ぎね》ではたいて粉化していたころの製法を示すもので「ハタキ粉」の意である。湯ヶ島長野の浅田純子さんは裸麦《はだかむぎ》を煎って石臼で碾いたものを「香煎《こうせん》」と呼び、湯で練って食べたという。浅田喜朗さんは、裸麦を煎って碾き、砂糖を加えて熱湯で掻いて食べ、これを「コガシ」と呼んだ。新麦がとれるとコガシを作り、ヨウジャ（夕茶＝昼と夕食の間の間食）に食べた。「麦コガシ」と呼ぶ地もあり、九州の椎葉《しいば》村では「コッポー」と呼ぶ。静岡県内で、新麦がとれると香煎を作って仏壇にあげるという例を多く耳にした。初夏の麦粉・香煎には、新麦の収穫を祝う要素もある。藤枝市花倉の秋山政雄さん（明治二十九年生まれ）から次の狂歌を聞いたことがあった。〽吹けば舞ふ嘗《な》めれば噎《む》せるコウセン寺　鼻のオード（大戸＝玄関口）が白くなるらむ——靖少年が、麦粉を練らないで粉のまま頬張り、おかのお婆さんとともに楽しむ場面と共通するものである。口の中も口の外も粉だらけになって噎せるのは麦粉に吸湿力があるからである。その麦粉の吸湿力を信じて蝮除《まむしよ》けとして屋敷の母屋の周囲に麦粉を撒きながら自分の足にもかける行事がある。

㋐五月六日に屋敷の中の母屋の周辺と自分の足に香煎をかけながら〽ナガナガ這うな——と誦した（静岡県浜松市天竜区佐久間町相月《あいづき》・栗下伴治さん・明治二十七年生まれ）。

㋑新麦を収穫した時に香煎を作って一升枡に入れ、屋敷中に撒きながら〽ヘービもマムシもドー

ケドケ　おれは河原（鍛冶屋）のオト娘　マンガノコーを真赤く焼いて尻から頭に突き通す
――と唱えた（静岡県藤枝市三沢・戸塚清さん・明治三十七年生まれ）。

また奄美大島では、ハブを除けるためにハッタイ粉を使う。水精の象徴ともされる蛇・毒蛇の力を麦粉の吸湿力・脱水力を以って封じようとする呪術である（野本寛一『生きもの民俗誌』昭和堂・二〇一九年）。また、湿気の多くなる梅雨時に、「はらわたが腐るのを防ぐ」「体の湿気を除いて元気になる」などと称して除湿力のある麦粉を積極的に食べる習慣が各地にある。靖少年とおかのお婆さんが、練らない麦粉を粉のまま食べている背後にはこうした民俗が伏流していたのではなかろうか。

3　はなむけ・みやげとしての穀粉

『しろばんば』の中に、洪作がおぬい婆さんとともに父母の住んでいる豊橋の家を訪れる旅の場面がある。本家はもとより、近隣の人びとから豊橋の家にみやげが託される。小豆・干椎茸・わさびなど――。修善寺《しゅぜんじ》行きの馬車に乗る。門野原で石森家の伯母が馬車を止めた。

「洪ちゃ、洪ちゃ」と呼んだ。歯を黒く染めた伯母であった。（中略）こんどはおぬい婆さんの方に、「なんにも上げられるものがないんで、これ持って来た。町に住んで贅沢に慣れているんでこんなもの食べんかも判らんが、食べんかったら、洪ちゃ、ごみ箱へでも棄てるこっちゃ」あとの半分は洪作に言った。再び馬車は動き出した。おぬい婆さんは受け取った紙包みを手の上に載せて重さを計るように二、三度上下させてから、「そば粉、二百匁《もんめ》。——洪ちゃ、覚えておいといてくれ。あとでつけんならん」と言った。「そば粉？　どれ」先刻おぬい婆さんの体を支えた男の客が手を出した。そして彼もまたおぬい婆さんと同じようにそれを手に載せて上げ下げしてから、「はったいの粉だな、これ。はったいの粉百五十匁じゃ。二百匁はあるまい」

門野原の伯母が豊橋の家に届けるように託したものではあるが、ここを読んだ時ある種の疑問が浮上した。そば粉にせよ、はったい粉にせよ、なぜ旅立つ人に「粉化したもの」を持たせるのか。この地で常食されているそば粉や麦粉、それも少量である。湿気《しけ》るかも知れない——。しかし、作家が自伝的作品に注意深く書きとどめていること、歯黒《はぐろ》めという古風な慣行を守り続けている人の営為として描かれていることに注目しなければならない。ここには何か古層の民俗が潜んでいるはずだ。——考えるべき問題が次々と浮かんでくる。「粉」はその素材を問わず、原初的には竪臼《たてうす》・杵ではたくという方法によった。大変手数のかかることである。近世以降、庶民の間に石臼（碾臼）が普及したとはいえ、粒食よりは粉食の方が数段の手数を要した。柳田國男は『木綿以前のこと』（初出一九三九年、『柳田國男全集』九・筑摩書房・一九九八年）の中で、「元来食物の褻と晴との差別は、必ずしも材料の優劣を意味しては居なかった。（中略）二者の相違は、其調製の為に費さるる労力の量であった」と述べている。モノ日や祭日に神に供えられる食物としては、飯よりは一旦粉化してから練り固めたシトギや団子などの方がより心のこもったものとして選ばれたのである。客のもてなしについても同様のことが言える。こう見てくると、門野原の伯母さんは古層の伝統を守っていたことにもなる。

旅立つ者に「粉」を持たせる心についていま一つの角度から考えてみたい。旅の途次、そば粉やはったい粉、それに若干の塩を持っていれば山中でもそばがき、麦粉がきを食べることができる。弁当を入れてきた輪っぱに水を入れ、焚き火で焼いた石を入れれば水は湯になる。これは、木材河川流送の人足や樵人《きこりびと》たちが続けてきた方法である。その湯を使えばよいのである。塩入りのそばがきは前述の通り、湯ヶ島の斎藤仙三さんが伝えていた。仙三さんは、長く温泉客のガイド・荷持ち、天城山ガイドをした人である。こうした粉食法は、馬車も汽車もなかった時代、歩いて峠を越え、海辺に出、街道に出なければ世間とつながらなかった伊豆山中のごとき地形環境の中で暮らした人びとにとって、意外に合理的なものだったのではなかろうか。粉類の吸湿性が気になるが、厚手の和紙の袋、柿渋《かきしぶ》刷《は》きの和紙などをうまく組み合わせればこれも解決できたはずだ。

即席性に富む穀粉は、徒《か》ちの時代のはなむけに適していたと思われる。とりわけ麦粉は、旅の難路の毒蛇除け・魔除けの呪力を持つと信じられたことであろう。

井上靖の自伝的作品には民俗の深層を探る緒《いとぐち》が散りばめられている。それをたどることが井上靖の原郷探査にもつながってゆくことになろう。

第四章　天城山北麓の冬

『幼き日のこと』の中に季節感の原点を語る部分がある。

（前略）バケツや手桶には氷が張っていた。私は今でも幼い頃の冬のことを考えると、まっ先に眼に浮かんで来るのは、バケツや手桶や、調理場の隅に置かれてあった甕《かめ》の中の氷片を浮かべた水の色である。氷が張っている時も、張っていない時も、水は少し青黒い色を呈して静まり返っている。あらゆるものを拒否しているかのような不思議な静まり方である。現在、あのような水にお目にかかることはない。（中略）今思うと、幼い心に、それは冷厳な冬の象徴のようなものとして受取られていたようである。高等学校時代を金沢で過し、三年間だけではあるが、雪国の生活も知っている。また同じ頃、父は弘前の師団に勤めていたので、弘前の冬の生活も覗いている。しかし、幼い頃、私が伊豆で知った冬の冷厳さはなかった。冬というものが持っている最も本質的なものを、しかも、夾雑物なしに、幼い心が受けとっていたとでも言うほかないようである。

（『幼き日のこと』）

作家が幼少年期に体感した天城山塊北麓、その谷の冬の冷えこみには厳しいものがあり、時に雪国の冬よりも鋭いものがあった。それは、作家の五感・感性・心性・季節感を培う原点になった。

前章で見たように、天城山塊の冬は天然氷の製氷を可能にした。その厳しい冬を温かく過ごすために人びとは様々なくふうをした。その一つに「風呂」があった。

一　風呂の接待

時々、近所の農家から風呂の誘いがかかった。湯の中に橙《だいだい》や柚子《ゆず》の皮を入れた時とか、塩俵の俵を投げ込んだ時とか、薬草を入れた時とか、そんな特別な風呂の場合だけ声がかかって来た。（中略）貰い湯の時は塩俵を入れた塩湯の時が一番楽しかった。足の裏はざらざらした塩俵の荒い感触を味わいながら、私の舌は時々湯がいかに塩辛いかを確める。――しょっぱい！――飲んじゃだめよ。あとで嫁っ子に甘酒でも沸かして貰ってあげるから。塩湯のあとは、土間で塩気のない湯を浴びせられ、その上で大抵囲炉裏端で甘酒のごちそうになった。

（『幼き日のこと』）

貴重な叙述である。地域共同体の中の近隣で風呂の相互接待があったこと、伝承される保温素材を加えた風呂は「接待」になっていたことが記録されており、塩湯のあがり時に塩を加えてない湯をかぶることなど、塩湯、塩風呂の入浴法までよくわかる。

塩風呂についての民俗事例を紹介してみよう。新潟県中魚沼郡津南町大赤沢の石澤政市さん（明治三十六年生まれ）は以下のように語っていた。「塩はいつも叺《かます》入りで買っていた。空になった塩叺を大切に保存しておき、年に一度、冬至の日にその塩叺を風呂桶に入れて塩風呂を沸かした。叺の編み目に塩が残っているのでよい塩風呂になった。家族全員が塩風呂に入った」――冬至は一年のうちで太陽の力が最も衰える日である。この時期には人の生命力も衰えると考えられており、塩風呂で心身を浄め、暖を採り、生命力を充実させようと考えていたのである。

長野県飯田市上村程野八丁島で一軒家を守っていた前島チエさん（大正八年生まれ）は次のように語っていた。「塩は個人で叺入りのアラ塩を購入することもあったし、何軒かの仲間で叺入りの塩を買って分けることもあった。味噌搔き（味噌玉を崩し、塩と素材を合わせて仕込むこと）の時に叺塩を買うことが多かった。空《から》になった塩叺をそのまま風呂に入れて焚くのである。塩風呂であり、塩泉である。味噌搔きの季節は春の彼岸のころだった。この季節にはまだ山に残雪があり、余寒も去らない。「叺風呂（塩風呂）に入ると体が温まる」と言い伝えられている。塩風呂を焚くと風呂釜が傷むと言われているので塩風呂は年に一度だけ沸かした」――生命維持にとって不可欠な塩には浄祓力と人を守る呪力があると信じられていた。春の彼岸に塩風呂に入るということは、冬の間にたまった心身の汚れを落とし、本格的な活動期間に備えるという意味があったものと考えられる。

伊豆市湯ヶ島長野の浅田まきさん（明治四十三年生まれ）は、冬季、体を温めるために、ゴシ（イヌガヤ）の実を煎じた汁、イチジクの葉を煎じた汁を風呂に入れたという。このほか、入浴保温素材として各地で広く用いられたものは大根の干し葉（木綿袋に入れる）、甘橘類の皮を干したものだった。他に落葉性の蔓性木本《つるせいもくほん》の「マツブサ」の蔓を切りそろえて乾燥させたものを使った。松の匂いがすると言って「マツフジ」と呼ぶ地もあり、生姜《しょうが》の匂いがするといって「ショウガフジ」と呼ぶ地もある。島根県隠岐《おき》郡西ノ島町三度《みたべ》の藤谷一夫さん（昭和二年生まれ）は、クロモジの枝葉を煎じた汁を入れたと語っていた。家ごとにユニットバスが設けられ、給湯条件や入浴剤も整っている現今の状況とは距離がある。

静岡県賀茂郡南伊豆町吉田の仲尾栄太郎さん（明治三十二年生まれ）は風呂について次のように

語っていた。「七軒で一基の据え風呂を共有していた。その風呂桶を七軒で持ちまわり、一定期間ずつ水汲み、風呂焚き、管理などを担当した。七軒の子供たちは皆夕食前に風呂に入れ、大人は到着順に入った。昭和初年までのことである」——。

二　防寒の真綿

寒さに対処する「衣」に関しても注目すべきものがある。『幼き日のこと』に次の文章がある。

寒い時のことで憶えているのは、おかのお婆さんが着物の背に真綿をくっつけてくれたことである。そしてその上に羽織を着たので、真綿は背から落ちることはなかった。——さ、こうしておけば、もう寒いことはない。おかのお婆さんは毎朝のように、私の背に真綿をつけては言った。

真綿とは蚕《かいこ》が作る繭《まゆ》から採った綿である。多くは生糸にならない屑繭、双子繭から採る。「真綿で首を締めるよう」とは、繊維が細く柔らかいが切れにくいことから、じわじわとおいこむこと。「真綿に包む」は大切に扱うこと。このように慣用表現として残ってはいるが、現今の暮らしの中からは真綿は遠いものとなった。寝具がダウン（鳥の綿毛）や毛布になる前、寝具素材の中心は綿花だった。布団型にまとめた綿を布で包むのであるが、その固まりの形が崩れないように包んで固定するのに真綿が使われた。布団綿を打ち直したり、布団を作ったりする際には真綿で綿を包むことができるように広げなければならない。どこの家でも子供たちは真綿を広げる手伝いをさせられたものだ。座布団も同様にして作るので、どこの家にも真綿があった。湯ヶ島でも養蚕が盛んだったので真綿は容易に手に入った。その真綿を防寒に使う慣行は寒冷の地では一般的だった。

写真㉑　真綿（長野県飯田市上久堅越久保、後藤家）

長野県飯田市上久堅越久保《かみひさかたこえくぼ》の後藤節子さん（昭和五年生まれ）は次のように語る。「防寒対策に真綿を背中や腹に入れるという方法があった。自転車通学をする高校生などは真綿を背中や腹に入れていた。子供が風邪を引くと真綿を首に巻いてやった。真綿は双子繭から採った」——。

三　皸・霜焼の手当

冬になって、北風が吹き始めると、頰や手に皹《ひび》がきれた。頰や手の表皮は脂肪分を失って、ざらざらしたものになり、村の子供たちの頰は一面に白い地図でも描いたようになった。

（『幼き日のこと』）

「祖母」（おかのお婆さん）は「私」のために毎晩、頰や手に橙《だいだい》の汁をこすりつけたりリスリンをつけてくれたりした、とある。皹の手当とともに霜焼《しもやけ》の手当ても「祖母」によってなされていた。それは塩湯の入った金盥《かなだらい》に手や足をつけるというものだった。『夏草冬濤』の中では、桶に塩湯を入れ、子供たちがそこに霜焼のできた手足を入れて手当てをするというのがムラの民俗として描かれている。

霜焼・雪焼・ヒビ・アカギレに対する手当ての方法は各地に伝承されていた。

㋐アカギレ・霜焼・雪焼には熊の脂をつけた。また、霜焼・雪焼にはヘクサヅル（ヘクソカズラ）の実の汁をつけた（栃木県黒磯市油井《ゆい》・阿久津権之さん・大正四年生まれ）。

㋑雪焼・霜焼には烏瓜《からすうり》の実の汁をつけた（福島県耶麻《やま》郡猪苗代町関都・阿部作馬さん・明治三十八年生まれ）。

㋒アカギレには熊の脂をつけた。雪焼・霜焼にはセンブリを煎じてその汁をつけた（岩手県和賀郡西和賀町長松・高橋仁右ヱ門さん・大正九年生まれ）。

㋓大仙山に雪が降ると雪焼ができる。雪焼ができると手を熱い湯につけた。ハックリ（シュンラン）の根を掘り、上皮を剝き、鮫の皮で擂りおろし、アカギレの裂口に詰めた（秋田県湯沢市上《かみ》院内《いんない》・阿部勇吉さん・大正四年生まれ）。

㋔雪焼・ヒビにはコベ（烏瓜）の実の液をつけた（熊本県阿蘇市波野山崎・楢木野けさかさん・大正十三年生まれ）。

㋕霜焼ができると、樅《もみ》の木の林の土に生えるシシダケという茸を乾燥保存しておいたものを煎じてその汁をつけた。アカギレにはヒトツッパ（シュンラン）の根をおろし金で擂りおろして練り、アカギレの裂口に詰めた（静岡県伊豆市湯ヶ島長野・浅田まきさん・明治四十一年生まれ）。

第五章

隣ムラ・長野へ

井上靖が幼少年期を過ごした現伊豆市湯ヶ島は、下田街道ぞいでムラの中心部だった。役場や学校、温泉宿、商店などが集まり、世間との接触も他の集落よりは多かった。湯ヶ島には狩野《かの》川が流れているのだが、湯ヶ島の北のはずれで狩野川の右岸に支流の長野川が合流する。長野川は天城山塊の中にある八丁池（一一二五メートル）の北側斜面を水源として長野部落の中を北西に向かって流れている。湯ヶ島の中心地は標高二一〇〜二二〇メートル、標高四〇〇メートルほどの山を隔てて東南に隣接する長野部落の中心地は三一〇メートル、南にカーブする谷の一番奥に当たる箒原《ほうきはら》という小字は三五〇〜三八〇メートルである。長野の中心部から箒原に向かって進むと長野川右岸に拓かれた美しい棚田が見える。湯ヶ島至近の隣の谷なのに、長野には山のムラの匂いがあり、古層の民俗を色濃く残存させている。作家が少年時代を過ごしたころにはその色あい

写真㉒　天城山中の八丁池

はさらに深かったにちがいない。

その長野という地名や長野川が『しろばんば』や『幼き日のこと』にたびたび登場する。短篇「夏の焔」に登場する「N川」も長野川にちがいない。長野や長野川の自然、長野や長野川を舞台としてくり広げられていた民俗・民俗的な遊びなどが作家の感性や心性に多様な光を当て、陰翳をつくりだしていたことは確かであろう。ここではまず、井上作品の一部を緒として長野や長野川ぞいにくり広げられた民俗に錘鉛をおろす。さらに関連事項や比較資料も示してゆく。そして、作家の心性を探るところにもつなげてみたい。

一　粘土探索行

その日も、洪作はいつものように御料局の門の前で、部落の子供たちと遊んでいた。遊ぶと言っても、洪作や幸夫は専《もっぱ》ら命令する方の側で、下級生たちを長野部落まで駆けて行かせ、部落の入口にある川っぷちの崖から粘土《ねんど》を採《と》って来させていた。次々に子供たちはこの粘土採りのマラソンに出発して行った。これは幸夫の発案に依《よ》るものだったが、子供たちにマラソン競争をさせるのが目的ではなく、粘土を採って来させるのが幸夫の狙いだった。

（『しろばんば』）

ここで対象となった粘土のありかは上級生から下級生までの誰もが知っている場所だった。普通の土とは異なり、キメが細かく凝縮力もあり、意のままに形を変えて造形意欲を満たしてくれる粘土は、子供たちにとって魅力と価値があるものだった。粘土が採れる場所は数箇所あり、中には色や質の異なる粘土が採れる所、秘密の場所もあった。ランクの高い採取場の中には下級生には知らされていない秘密基地めいた場所もあった。

（前略）三男の叔父（私より十歳ほど年長）は粘土のあるところを発見するのもうまかった。――巾着淵（長野川）の上に、崖のくずれたところがあるだろう。その裾の大石のあるところに、黄色の粘土がある。こんど行ってみな。だが、人に言うなよ。お前はすぐ人に言うからいかん。いつもそんなことを言った。しかし、粘土のある場所を他人に披露するのは、三男叔父自身であった。せがまれると、結局のところは、他の子供たちにも教えてやった。粘土は子供たちの財産であった。三男叔父から秘密の粘土の在場所を聞いた時は、急に資産家にでもなったようなゆたかな思いを持ったものである。

（『幼き日のこと』括弧内は筆者による補足）

粘土のありかや、価値基準、粘土の扱い方などは地域の子供集団の中で伝承されてゆくものだった。

粘土は時代と地域を越えて少年たちを魅了する宝物の一つだった。平成十二年、筆者が担当していた近畿大学文芸学部民俗学ゼミナールで、学生たちに少年時代の秘密基地体験を発表させたことがあった。当時三年生だった野田郁夫君（昭和五十四年生まれ・兵庫県宝塚市高司在住）は、粘土の採れるところが秘密基地だったと語った。秘密基地の遊びは、ランク付け、比較を伴うことが多いのだが、野田君たちは以下に示す順序で粘土のランク付けをして、競いあい、誇りあったのだと報告した。一位＝アオネン（青粘土）→二位＝アカネン（赤味を帯びた粘土）→三位＝クロネン（黒味を帯びた粘土）→四位＝濃茶→五位＝薄茶――。

長野における粘土採取の場所、および、粘土にかかわる伝承について浅田喜朗さん（昭和十五年生まれ）は次のように語る。㋐オニ石（湯ヶ島・長野境の長野川左岸斜面にある石）の上手の崖。鬼石は、オニシ・オニシさんとも呼ぶ。長野の門番石、下の方から長野に入ろうとする邪悪なものを防いでくれた石だと伝えられている。『しろばんば』で、幸夫に命じられて下級生たちが粘土を採った場所は、このオニ石上手の崖だと推定される。㋑長野の一番奥の小字、箒原の向かい、長野川左岸の梅の木沢。ここに青白い粘土の出る場所がある。喜朗さんは、少年のころ、ここで粘土を採って夏休みの提出作品として粘土細土で「手」を作ったことがある。㋒箒原のムラから一キロほど遡上したところにワサビ田がある。その右手上方に石休み場と呼ばれているところがあり、そこで粘土が採れた。左の上手にカモシカボラと呼ばれる沢があり、そこでも粘土が採れた。「ワサビは粘土のあるところでは栽培できない」と伝えられている。粘土質の地は水捌《みずは》けが悪いのでワサビ栽培には適さないのである。しかし、ワサビ栽培にとって粘土は必要なものだった。ワサビ田の漏水防止に粘土が役立ったのである。粘土とセメントを混ぜ、石積みの漏水箇所につめたのだった。喜朗さんは、「粘土の出るところからは金も湯も出る」と、いかにも伊豆らしいこの土地の伝承を語る。

湯ヶ島の少年たちも、長野の少年たちも、学年が進むにつれて長野川ぞいに奥へ奥へと粘土を求めて探索・冒険の道を進んだのである。

『夏草冬濤』の中に、冬休みを迎え、洪作が湯ヶ島に帰省する部分がある。帰った翌日、洪作はなつかしい長野川の「へい淵」へ向かう。そこで、洪作は、秘密裡に粘土採りに向かう三人の子供たちに出会う。洪作は、自分の知っている秘密の場所を教えることを交換条件にして子供たちについてゆく。子供たちが粘土を採取し、それを水で練る場面などが描かれている。

二　猿面の家と「削り花」

長野に「猿面の家《さるめん》」と呼びならわされている旧家がある。猿面の家の裏は長野川右岸に面した崖で、その崖下に「比丘尼の穴《びくに》」と呼ばれる洞穴がある。喜朗さんによると、この洞穴は秘密の場所で、度胸試しなどに使われたことがあるという。ここからも粘土が出たのだという。「猿面」とはいかにも不思議な屋号的な呼び名である。長野の人びとは次のように語り伝えている。――昔、左甚五郎《ひだりじんごろう》がこの家に滞在したことがあった。甚五郎はその謝礼として猿の面を彫ってこの家に置いて行った。それからこの家は「猿面」と呼ばれるようになった――。写真㉓は猿面の家の遠望である。向かって左側（南西）に天城山塊から吹きおろす風を除けるためのシセキ（屋敷林）がある。平成二十七年に萱葺き屋根がトタンに覆われたのだが、それ以前は萱屋根が古色を示していた。

私が最初に猿面の家を訪れたのは昭和六十二年一月十五日、小正月のことだった。その時、この大きな家を守っていたのは女主人の浅田ますさん（明治三十九年生まれ）だった。猿面の家では、小正月行事をしっかり伝承・実修していた。写真㉔㉕に見るように、玄関口の萱屋根の下側のぶ厚い萱に削り掛けが挿されていた。長さ七〇センチ、径二・五センチ、削り房の部分四五センチほどである。素材はウルシ科のヌルデの木である。皮を剝《は》いだヌルデの白さが目につく。この地では、この削り掛けのことを「削り花」と呼んでいる。満月を以って定めた小正月は、元旦を中心とした現在の正月、即ち大正月に比べて様々な点で古層をまとった正月だと言えよう。写真㉔

写真㉓　猿面の家（浅田ます家）遠望（静岡県伊豆市長野、平成28年1月）

写真㉔　雪を冠った萱葺き屋根、その玄関上に挿された白い削り花（静岡県伊豆市湯ヶ島長野、猿面の家、浅田ます家、昭和62年1月）

㉕の削り花は、いかにも小正月の神を迎える際の神の目印にふさわしい印象を与える。家に神を迎える古い形である。このような削り掛け、削り花が、紙を使った御幣の祖型であることはまちがいなかろう。こうした削り掛け・削り花と同類のものが「イナウ」と呼ばれ、アイヌ文化の中にあることは広く知られているのだが、最近は、東南アジアにも同類のものがあると報告されている（今石みぎわ・

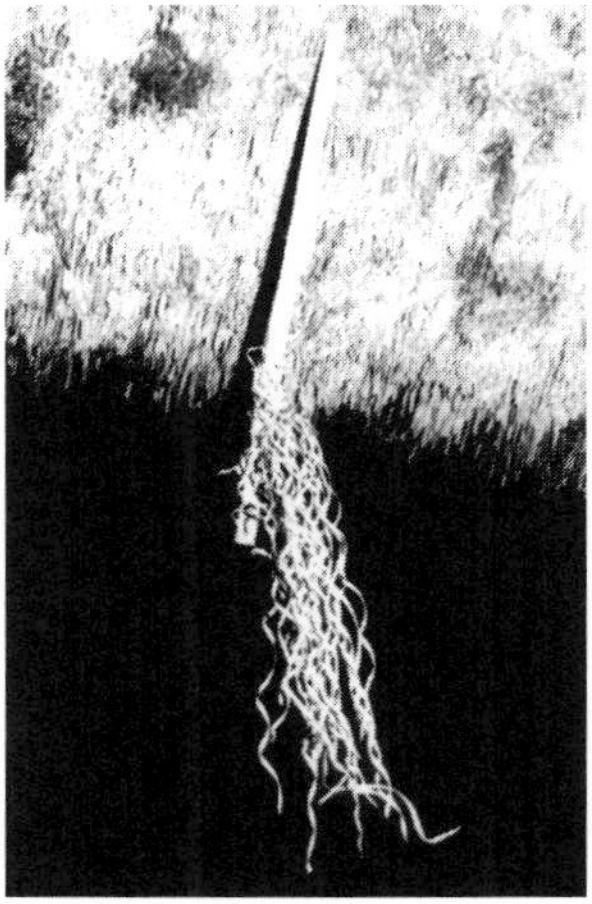

写真㉕　小正月の削り花（同上）

写真㉖　年神棚に飾られた小正月の削り花（同前）

北原次郎太『花とイナウ——世界の中のアイヌ文化』北海道大学アイヌ先住民研究センター・二〇一五年）。

写真㉖は猿面の家の座敷に吊られていた年神棚である。竹筒の花立てにも、写真㉕の削り花とは異なる形の削り花が立てられている。この削り花は、正月用の松を除いて小正月用に新たに飾られたものである。それにしても、写真㉔㉕㉖の削り花は、古層の信仰的造形物であり、優れた民俗意匠をとどめるものだと言えよう。

このような削り花は猿面の家に限って飾られたものではなく、この地方の一般的な小正月民俗だった。長野の浅田武さん（明治三十一年生まれ）も小正月には心をこめて作った削り花を飾っていた。削り花は小正月に飾ってから一月二十日の二十日正月の朝まで置き、この日にさげて燃すものだと語っていた。箒原の浅田重子さん（大正八年生まれ）も小正月には削り花を飾った。さらに、削り花とは別に「門入道《かどにゅうどう》」も飾った。門入道とは、削り花と同じヌルデの木で、薪状の木の一部を削って白い木地を出し、そこに墨で人面を描いたものである。母屋の玄関、蔵の入口、隠居（別棟）の入口に一対ずつ飾った。門入道の頭の部分には小豆飯を供えた。

三 「コト八日」の深層

長野では、小正月とは別に、「コト八日《ようか》」とも呼ばれる、二月八日と十二月八日の行事も盛んだった。武さん、八重子さんはともにこの行事にも力を入れていた。『幼き日のこと』の中に、「傘のお化け」と「ひとつ目小僧」のことが出てくるのだが、「コト八日」の行事は「ひとつ目小僧」の伝承とかかわるものである。長野では一つ目小僧のことを「目一つ小僧」「目一つ」とも呼ぶ。この行事について最も詳細に語ってくれたのは箒原の浅田あいさん（明治三十八年生まれ）だった。あいさんの語りを以下に示す。――二月八日と十二月八日には目一つ小僧がくる。昔、ある人が二月八日（十二月八日とも）に風呂に入っていたところ、目一つ小僧がきて風呂桶ごと担いで行こうとした。その人は、裸のままそばに生えていた柊《ひいらぎ》の木の枝につかまって助かった。こういうことがあったので、二月八日と十二月八日には風呂に入ってはいけないと言い伝えている。また、

写真㉗　コト八日の柊の枝が挿さった目籠と米の研ぎ汁を入れた桶（静岡県伊豆市湯ヶ島長野小字箒原、浅田あい家、昭和62年2月）

柊の木で助かったので、この日は柊の枝を門口に挿して、目一つ小僧除けとする。柊はただ挿すだけでなく、目籠に挿して、その目籠を玄関先に吊るす。その下には米の研ぎ汁を入れた桶を置く（写真㉗）。目籠の目が多いことと、それがまた桶の研ぎ汁に映って倍になっているのに驚いて目一つが逃げ出すためだと伝えている。それとともに、丸大根に墨で目玉を書きいれたものも玄関口に飾った。また、この日は赤飯を炊いて握り飯にし、囲炉裏《いろり》の鉄器で焼いて、唸《うな》りながらこれを食べるものだとした。目一つに病人がいると思わせるためである。そして、最後には、囲炉裏の炉縁《ろぶち》に目一つ小僧のぶんとして赤飯の握り飯を置いた。目一つ小僧がそれを見て、握り飯の小豆の目があまりにたくさんあるので驚いて逃げ帰るのだという。目一つ小僧は、十二月八日にその家の様子を帳面に付け、その帳面を塞《さい》の神《かみ》に預けておき、二月八日に受取りにくる。それで、目一つがその帳面を塞の神から受取ると困るので、一月十五日のドンドン焼きの火で塞の神を焼くのである――。ドンドン焼きにおける塞の神焼きについては第二章「植物との相渉」で記した。

さて、二月八日、十二月八日に風呂に入ってはいけないというのは、この二つの「八日」が物《もの》忌《い》みの日であることを示している。十二月八日から二月八日の間は太陽の力が衰える寒い期間である。十二月八日は太陽の力が衰微する季節の入口の日であり、二月八日は太陽が衰微する季節を脱し、万物に光と活力を与え始める日である。「目一つ小僧」「一つ目小僧」は光の喪失者、光を求める者の象徴である。二つの八日に目の多い目籠や目の多い赤飯の握り飯、大《だい》まなこの大根を顕示するのは、太陽の多光、太陽の力を復活させるための予祝である。光を求める目一つは、じつは多目、多光の顕示を家ごとに確かめ、その顕示物を見て安心して帰ってゆくというのがこの行事の骨格である（野本寛一『季節の民俗誌』玉川大学出版部・二〇一六年）。

井上靖の作品からはやや離れたのだが、湯ヶ島の隣接集落、長野に、これだけ深い民俗世界が手のとどく過去まで生きていたということを語りたかったのである。作家の感性や心性の中に、こうした民俗世界からじつに様々なものが流入していることを考えてみたい。

第六章　籠りの力

一　繭籠り

原郷、それは胎内、羊水の中にある己の状況に対する原感覚、既視感のごときものまで溯源し、たどることもできるはずだ。――井上靖の『幼き日のこと』にはそれが描かれている。鋭い感性や幼時からの記憶の反芻によってある種の持続が可能となる。

幼時、多少の物心がついて、自分が母親の腹部に仕舞われていたことを知るようになった頃、私は自分が母親の腹部の中にはいっていた状態を、何となく蛹《さなぎ》が繭《まゆ》の中にはいっているような、そのような状態として受け取っていた。郷里の山村では、どこの家に行っても蚕棚があり、私たちは幼い頃から繭や蛹には馴れっこであった。自分は繭の中で身を縮め、息をこらして、外へ出して貰う時の来るのを、おとなしく待っていたのだ、そんな風に解釈していたのである。閉じ籠められている世界はほの明るい平安なものであった。繭の白い表面のほんのりとした光沢、それを手にした時のやわらかい手触り、そうしたことから、そこがほの明るい微光が一面に立ち込めている、少しぐらいどこかにぶつかろうと痛くはない世界に思われたのである。

写真㉘　蚕の繭（写真提供：櫻井弘人）

胎内世界の平安、時満ちて生まれ出るまでの籠りの場がまことに美しく描かれている。繭に籠る蛹が羽化し、卵を生む。卵は孵《かえ》って幼虫となり桑を食《は》み、三眠し、脱皮してやがてまた繭に籠る。『万葉集』の中には「繭隠《まよこも》り」という古語が登場する。先人たちは、美しい糸を吐くこの虫に強く心を寄せてきたのである。強い力を発揮するためには、一定期間密閉空間に籠って忌《い》みの時間を過ごさなければならないという民俗思想が、この国にはあった。折口信夫は、秦《はた》ノ河勝《かわかつ》の壺・桃太郎の桃・瓜子姫子の瓜・カグヤ姫の竹の節などを伝承上の籠りの空間としてあげている（『折口信夫全集』第二巻・古代研究（民俗学篇1）・中央公論社・一九五五年）。力を失ったり、生命力を衰退させた者が、忌み籠りによって再生するという形もある。『宇津保物語』の「うつぼ」は「空洞」の意で、仲忠母子は巨杉の空洞にひそみ籠ることによって後の活躍が可能になる。禊《みそ》ぎ・籠りの反復も同じ効用を持つ。源頼朝や徳川家康などの武将の窟《いわや》籠り伝承など多く語られるところである。また、「胎内潜《くぐ》り」という信仰行為はこの原理の簡略化である。こうした民俗思想は、蚕・蛇・熊などの生態に学ぶところがあったはずである。

井上靖が自らの胎内籠りを繭と蛹を以って語ったことの意味は重い。

二　蔵籠り

作家が伊豆湯ヶ島で、三歳から十三歳まで、井上家に入籍されてはいたが血縁のない祖母かのとともに、土蔵で暮らしたことは知られるところである。『幼き日のこと』に次のように描かれている。

当然のこととして、土蔵の内部は暗かった。昼間でさえ薄暗いのであるから、夕闇の迫ってくる時刻になると、土で造った四角な箱の中はまっ暗だった。私は祖母がランプに点火するまで戸外で遊んでいた。そして窓に明りがさしてから、土蔵へはいって行った。(中略)家にはいるというよりは、頑丈な箱の中にはいって行く感じであった。

土蔵の源流の一つに寝殿造りの中に作られた「塗籠《ぬりごめ》」があった。長野県には今でも母屋の一部に土蔵を組み込んでいる家がある。塗籠は、外来攻撃物からの遮閉・防火・貴重品の収納・秘事空間の確保などといった目的を持っていたものと思われる。土蔵は、その機能・目的を継承しているのである。土蔵とは四面を土や漆喰《しっくい》で塗り固めた倉庫で、防火や盗難防止を目的とするところから、窓は最小限で密閉性が強い。伊藤ていじは「都市の蔵」の中で次のように述べている。「(火災になった場合)駈けつけてきた出入りの左官が、その(土蔵の扉の)閉め合せに用心土を塗りこめる。用心土とは粘土をよく練り合わせた土で、通常は出入口や窓近くの甕のなかにあらかじめ用意してある」(東京海上創業百周年記念出版『蔵』東京海上火災保険株式会社・一九七九年、括弧内は筆者による補足)――。火災に際して土蔵の扉を味噌で塗り固めて火難を逃れたという話もよく耳にする。

密閉性の強い土蔵は神密の空間だった。作家は土蔵のことを「土で造った四角な箱」「頑丈な箱」と表現している。中国地方では年桶や種籾を納戸や蔵に祀る習慣があった。岡山県真庭市鉄《かな》山《やま》小字峪《さこ》の横山治郎(大正十二年生まれ)家では、正月の年桶を以下のように祀った。年桶は蔵の

写真㉙　ナマコ壁の土蔵（静岡県下田市）

二階に籾俵三俵を並べ、その上に据えた。桶の中には米・重ね餅・小餅・コンブ・スルメなどを入れた。一月十五日におろし、重ね餅を家族で分けて食べた。籾俵の籾は種籾になすべきもので、その種籾は蔵の中に籠って霊力を増したことになる。

井上靖の十年に及ぶ土蔵生活は、民俗的視点に立てば、繭籠り、熊の穴籠りと同質の蔵籠りであり、この間は、将来大きく飛翔する際の力を培養する期間だったことになる。子供が悪さをすると、懲罰として一定時間蔵に閉じこめるという方法は広く行われてきた。これを別な視点から見れば、内省・浄化しなければならない要素をためこんだ者が、土蔵に忌み籠りをしたことにより、再生の力を賦与されて蔵から出て活躍するという読解もできるはずである。通常の生活ではあるにせよ、籠りの場としての属性を持つ土蔵で暮らし続けてきた意味は重い。

通常の住居と異なる土蔵での暮らしは、外界との接触が限定される。感覚による外界の感知は小さな窓に絞られていた。この限定は感性のアンテナを鋭敏に研ぎ澄ますことにつながった。

八月の盛夏の感覚は、土蔵の二階で午睡《ひるね》から覚めた時の妙に物憂《ものう》い不安な気持として遺《のこ》っている。自分は眼を覚ましたが、祖母の方はまだ午睡を続けている。水車の音以外、何の物音も聞えない暑いだけの昼下がりの時刻である。

（『幼き日のこと』）

夏は田圃の蛙《かわず》の声、秋は虫の声に包まれる。

晩秋から初冬へかけて吹き渡って行く野分《のわき》の夜のことは、多少記憶に残っている。夜半に眼ざめると、烈しい風の音が聞えている。あらしの夜の風のような荒れ狂い方ではなくて、何か烈しいものが、整然と通り抜けて行き、次第に遠ざかり、小さくなり、やがて消えてしまう、そんな感じである。私はそうした風の音を、たくさんの生きものの集りのようなものとして受取っていた。

（『幼き日のこと』）

水車の廻る音によって真夏の真昼の静寂が描かれ、波状的に吹き返してくる野分の風音を聴覚

写真㉚　新潮文庫版『しろばんば』表紙（装画・唐仁原教久）

でとらえ、生きものの集団が移動してゆく音のごとくに把握する。土蔵の窓から入り来る音。幼い者の病の床、「流れの音、水車の廻っている音が耳にはいって来る。朝と昼とをとり違えた鶏の刻《とき》をつげる声も聞えてくる。外を歩いているおかのお婆さんの下駄の音、犬の鳴き声、雀の声、そうしたものが、ほどほどの間隔を置いて耳にはいって来る」（『幼き日のこと』）——聴覚に限ってみただけでも、土蔵の暮らしと作家の感性涵養とのかかわりの深さがわかる。閉塞的な土蔵の小さな窓は、幼少年期の作家を視覚によって広い世界へ導く刺激の窓口にもなっていた。『夏草冬濤』に以下のような回想的記述がある。

洪作は幼い時、この窓から、毎日のように下田街道を走る馬車を眺めたものであった。街道も、馬車も、玩具《おもちゃ》のように小さかったが、しかし、洪作はいつもその道が三島や沼津の都会地に続いており、またその馬車が、未知の他国の人を、都会地からこの山間の部落へ運んで来ると思うと、無心には眺めることはできなかった。

こう見てくると土蔵は、感性を磨き、幼いながらも思念を深め、土蔵の窓から見える風物を起点として果てしなく広がってゆく大きな世界を想う場になっていたことに気づく。土蔵の小さな窓は幼い靖少年がイマジネーションを膨ませる一つの基点にもなっていたのである。土蔵は飛翔・飛躍のための力を充足するための籠りの場であった。

中学校在学中の正月前に帰省した折、洪作は「今日、土蔵へはいってみるかな」とつぶやいて土蔵へ入る。「土蔵の中へ一歩踏み込むと、洪作はそこに暫く立ちつくしていた。土蔵だけの持つひんやりした黴くさい匂いが、洪作の五体をしびれさせた。洪作はこの匂いだと思った」(『夏草冬濤』)。

『北の海』には旧制高等学校の受験準備中の洪作が描かれるのだが、ここでも土蔵が登場する。

洪作は大きな鍵を使って、土蔵の重い戸を開いた。かび臭い湿った空気が暗い内部に漂っている。(中略)——洪ちゃ。どこからかおぬい婆さんの声が聞えて来そうな気がする。(中略)洪作はおぬい婆さんのことを思い出していると、何とも言えず温かいものが心の底からこみあげて来るのを感ずる。土蔵の中にはおぬい婆さんがいっぱい居る。あちらからもこちらからも出て来る。

土蔵は作家の自己形成にとって極めて重要な空間だったのである。

三　峡籠り

井上靖の自伝的作品群では、郷里の湯ヶ島が類似の表現でたびたび紹介されている。「少年」の冒頭には次のようにある。「私は小学校時代を郷里の伊豆の山の中の小さい村で過ごした。（中略）現在では、私の郷里の村は、少しへんぴではあるが、伊豆の温泉部落として東京へも名前を知られているが、私の少年時代は、文字通りの天城山麓の山村で（後略）」――。湯ヶ島はたしかに「山の中の小さい村」「天城山麓の山村」ではあるが、ムラの中を川ぞいに天城街道が通っている地形を見ると、「峡《かい》」「山峡《やまかい》」という印象もある。「甲斐」は「峡」の地名化したものである。「滝へ降りる道」では次のように描かれている。「当時は修善寺から日に何回かの馬車の便があるだけで、文字通り山間の寒村であった。温泉宿も小さいのが三軒あることはあったが、近郷近在の農家の老人たちが農休みに湯治に来るぐらいで、その他の時季は殆ど客というものはなかったようである」――。さらに厳正な考証の後でなければ仮言も許されないことは承知してはいるが、特定の「山峡」の地が古くは「籠り」の地と考えられていたことがあったのではないかと思われてならない。「甲斐」という地名は拡大化していったものではあろうが、これにかかる枕詞「なまよみの」は不思議なことばである。「自然の形に蘇る」という意味が仮説されてもよいのではなかろうか。

古語の「峡《かひ》」は「貝」「卵」「殻」などに通じていたのではあるまいか。「籠らせる空間」において共通性を持つのである。地形的に言えば、峡は窟《いわや》に通じるところがあるのではなかろうか。窟籠りと同様に、峡に籠ることによって力を蓄えたり、衰えた力をとりもどしてゆくのである。再生の場ともなり得るのである。温泉もまた、傷を癒し、疲れを癒し、病む心を癒す。温泉は人の汚濁を流し、人を再生復活させる。温泉発見伝説には、傷ついた生きものが湯につかっているところを見て、人がその湯を温泉として利用するようになったというものが各地にある。鶴＝湯の鶴温泉（熊本県水俣市湯出）、鶴＝鶴の湯＝温海《あつみ》温泉（山形県鶴岡市温海）ほか。鷺の湯・鹿の湯・鳩の湯などもある。天城の山峡に湧く温泉にも「変若水《おちみず》」的な、生命力を強める湯としての力はあった。

私は、井上靖が幼少年期を過ごした湯ヶ島は巨視的に、そして古層の民俗信仰的に見た場合、一種の籠りの場としての役割を果たしていたと考えている。「私の自己形成史」の中に以下のような記述がある。

（前略）現在では郷里の村も伊豆の温泉郷として多少は名がとおっているが、私の少年時代は全く山中の一寒村であった。村から馬車で二時間揺られて、軽便鉄道の終点大仁《おおひと》部落に出、さらに軽便鉄道に一時間乗って初めて、東海道線の三島町に出るというところであった。馬車にはめったに乗れなかった。一年に二、三回、それでも馬車で大仁へ行くことがあったが、私は軽便鉄道が通じているというだけのことで、大仁という小さい部落を尊敬した。大仁へ馬車がはいると、心が自然に緊張し、その部落の子供たちの誰もが活発で怜悧《れいり》に思えた。道で彼等に出会うと、何となく気が退《ひ》けて俯向《うつむ》くようにして歩いた。大仁でもこんなだったから、三島町へ行くともっと大変だった。

靖は自分の育ったムラを「小さな山村」「寒村」などとくり返し記している。そして、外部との比較はここに引いた通りである。一見卑屈に見えるのだが、それは決して、そんな単純なものではなかった。これは外部世界への憧憬や空想、さらには探究へとつながり、思考や行動のバネになっていった。それは、将来、人蹤稀なる砂漠の地に対する強い関心にもつながってゆくのである。もとより靖は、寒村と表現した母なるムラを強い肯定感を以って描いている。

私は幼時を振り返ってみて、幼少時代を郷里の伊豆の山村で過したことをよかったと思う。温暖な伊豆のこととて、自然と闘ったり、自然の持つ荒々しいものに耐えて行くという生き方とは無縁であったが、自然の懐《ふとこ》ろの中に全身で飛びこんで、優しく抱かれて生い育つことができたのは仕合せだったと思う。

（『幼き日のこと』）

作家の原郷をさぐってゆくと、これまで述べてきた通り、「繭籠り（胎内籠り）」「土蔵への籠り」「山峡籠り」とたどることができる。胎内籠りは誰にでもあるのだが、作家が己れの原郷の原点を「繭籠り」を以って原感覚的に描いているところに注目しなければならない。「籠り」は「熟成」を促す。「籠りの重構造」こそが、作家を、将来広い世界へ飛翔させる発条力・エネルギー・人間性などを培う重要な柱の一つになっていたのではなかろうか。多岐にわたるテーマに応じて、山なす作品群を創出してきた。作品の装置は時代を超え、空間を広げた。とりわけ、日本からアジア広域に及ぶ広い舞台において展開された高質な物語性のある多くの作品に、私は強く心を惹かれている。その原点が「籠りの力」にあることを思うとある種の興奮を覚える。

第七章　始原世界への感応

一　精霊への畏怖

井上靖は自然の中に息づく精霊や民俗神的な神霊に深く感応するところがあった。それは以下の記述によってわかる。

本当の怖さというものは、お化けなどではなくて、滝とか、淵とか、そういった場所に一人で行った時感ずる、自分の他には誰も居ないといった思いであったようだ。自分の他には誰も居ないが、と言って、自分一人ではない。眼には見えないが、何か別のものが、そこには居るのである。滝の精霊であり、淵の精霊である。

（『幼き日のこと』）

写真㉛　落合楼下手の淵

こうした記述がくり返され、「狩野《かの》川の本流には猫越《ねっこ》淵、大淵、宮ノ淵、おつけの淵、支流の長野川にはヘイ淵、巾着淵といった淵があった」と、淵の実名をあげて話を進めている。

「淵瀬常ならず」と言われる上に、狩野川台風などもあり、靖の少年時代のままの淵が残っているわけではないが、今でも、平素は澄明だが、「いけない時間」に近づくと引き込まれそうな恐怖感を漂わせる淵がある。本谷《ほんたに》川と猫越川が合流して狩野川になるのだが、その落合の下手、落合楼の下方にある淵は深く、時に戦慄を誘う（写真㉛）。鈴ヶ淵（写真㉜）や、持越《もちこし》川が猫越川に合流する手前にある橋の下手の淵（写真㉝）も恐ろしげである。しかし、これらの淵にはヌシや精霊の伝説は伝えられていない。

写真㉜　鈴ヶ淵（吊橋の上から）

写真㉝　持越川の淵

引用文中に出ている「滝」や、短篇「滝へ降りる道」に登場する滝は湯ヶ島の中心地から二キロほど天城峠に向かって進んだ山中にある「浄蓮の滝」（写真㉞）だと見てよい。滝の高さは二五メートル、幅七メートル、滝壺の深さは一五メートルにも及ぶという。滝に向かって右側の断崖には六方柱状節理が露出し、左側の下には洞穴が黒々と口をあけている。

滝は二、三年前、新聞社が選んだ日本百景という名勝地の一つに選ばれて、現在は春秋の季節には相当の観光客を招《よ》んでいるようであるが、当時は近郷の人しか知らない天城山中に匿された全くの無名の滝であった。滝壺の両側は切り削いだような絶壁をなしていて、絶壁の肌を雑木と羊歯《しだ》類のような湿気を好む植物がふかぶかと生い繁り、夏でも鬼気を帯《お》んだ冷気があたり一面に漂っていた。

（「滝へ降りる道」）

深々とした翠玉色の滝壺の底は見えない。滝の左側は窟《いわや》をなし、それは瀑布の裏側に及んでいるようにも見える。たそがれどきにたった一人でこの滝の前に佇《たたず》んだとすれば、たしかに滝壺か、滝の窟に吸い込まれそうな恐怖を感じるにちがいない。じつは、流れ落ちる滝の裏側は、異郷・他界への入口になっているという伝承がある。『今昔物語集』には修行僧が瀑布を潜りぬけて異郷を訪問する話がある。

写真㉞　浄蓮の滝と滝壺

浄蓮の滝には「女郎蜘蛛《じょろうぐも》伝説」がある。滝のヌシ伝説であり、既に「天城山隧道」(『しずおかトンネル物語』しずおかの文化新書20・公益財団法人静岡文化財団・二〇一六年)で論じたことがある。ここでは、さらに別な素材から井上靖の精霊観や、超自然的なものや現象に対する原感覚にふれてみたい。

二　神かくし

井上靖は、「神かくし」と呼ばれてきた「超常現象」的なものに深く心を寄せていた。まず、次の部分に注目したい。

小学校へ行くようになってから知った話であるが、おくらさんは少女の頃神かくしに遇って行方不明になり、何日かして天城山中で発見された時は痴呆になっていたという。今の言い方で言うと、おくらさんはノイローゼになり、突然蒸発し、何日か後に精神異常者として発見されたというわけである。私が小学校へ通っている頃、おくらさんはいつも私の家の敷地の東北の隅に造られてあった水車小屋のところに来て、洗濯したり、食器を洗ったりしていた。おくらさんは誰ともいっさい口はきかず、いかなる場合にも笑うことはなかった。(中略）奥田家に風呂を貰いに行くと、おくらさんはいつも焚口の前に身を屈め、黙って風呂の火を焚いていた。（中略）そうしたある時、私は風呂の中で、突如として大声を出して泣き出したことがあった。（中略）幼い頃の心の反響板というものは、もしかすると大人のそれよりも鋭く、繊細ではないかと思う。私はおくらさんの存在が悲しかったから、そのために泣いたに違いなかったのである。

（『幼き日のこと』）

作家の感性の繊細さやおくらさんの内包するものへの深い共感が滲み出ている。『しろばんば』の中で、おくらさんは「おかねさん」として登場する。ある時、おかねさんが突然、蜂に刺された平一という少年の額を何回も吸うという場面が描かれている。おかねさんやおかねさん的な人が持っている人間性の発露である。

『しろばんば』前編五章には、五年生の正吉が「神かくし」に遭ったこと、その探索・発見の過程が描かれている。洪作は幸夫とともに発見された正吉を見ようとして山に入る。洪作は嘔吐感や疲労感に襲われて杉林の中に踏み込んでしまう。「洪作は自分の意識が遠のくのを感じた。夥しい数の杉の細い樹幹が天にでも届くような高さに見えたり、それらが互に入り混ってしまって、何かわけのわからぬ形のものになってしまったりした。洪作は眼を瞑《つぶ》っていた」――洪作は助け出され、「神かくし」に遭った者として扱われるのである。

三　井上靖と柳田國男

井上靖は柳田國男の『山の人生』という著作を強い関心を抱きながら読んでいる。柳田は『妖怪談義』や『遠野物語』『神樹篇』などでも「神隠し」にふれてはいるが、「神隠し」に本格的に取り組み、資料を集成しているのが『山の人生』である。同書で、柳田は、九章「神隠しに遭ひ易き気質あるかと思ふこと」という項目を設定し、その中で、「私自身なども、隠され易い方の子供であつたかと考へる」と述べ、柳田自身の様々な体験を記している。井上靖もまた、滝や淵の精霊に深い畏怖感を感じ、洪作に仮託されてはいるが、山中で異様な眩暈感・幻覚を感じて「神かくし」に遭った者として扱われるなど二人の間には共通点がある。それは極めて鋭敏な感受性であり、その強さである。

井上靖は滝壺や淵に関する戦慄を伴うような恐怖、神かくしなどについて『幼き日のこと』の中で独自な理論を展開している。何か事件が起こる条件として、人が「いけない時刻」に「いけない空間」に臨むこと、その交錯を考え、主張している。次のように述べている。

幼い者にとっては、淵というものはいけない空間であり、午下《ひる》がりとか暮色の迫る頃というのはいけない時刻であったかも知れない。そして幼い者だけが持つ原始感覚は、その空間と時刻の組合せが誘発しようとしているものを鋭敏に感じとっていたのではないか。——もちろん、これは私の勝手な想像である。柳田先生在世なら、伺ってみるところであるが、先生は小説家というものは勝手なことを考えるものですねと、笑っておっしゃるかも知れない。

柳田國男・井上靖の対談が実現しなかったのはまことに残念なことだった。感性を重視するところから発した柳田國男は、井上説に対して大いに共感を示したにちがいない。なお靖は詩集『季節』に収められている「月の出」という散文詩の中でも「神かくし」をモチーフにしている。『遠野物語』八は次のように始まる。「黄昏《たそがれ》に女や子供の家の外に出て居る者はよく神隠しにあふことは他《よそ》の国々と同じ」。『遠野物語拾遺』一〇九「遠野町の某という若い女が、夫と夫婦喧嘩をして夕方門辺《かどべ》に出てあちこちを眺めていたがそのまま居なくなった。神隠しに遭ったのだと謂われていたが（後略）」——「たそがれ」は「誰《た》そ彼《がれ》」、「かはたれ」は「彼《か》は誰《たれ》」、「ゆうまぐれ」は「夕目暗」の意だと思われる。視覚判断が乱れる時間帯で、よくない時刻の代表であろう。「丑《うし》三時《みつどき》」などもよくない時刻に入るだろう。よくない時刻は、要注意の時刻である。病人の容態が最も変化し易い時間は午前三時から四時の間だと聞いたことがある。「いけない時刻」と、それにかかわる伝承を集積してみなければならない。井上靖の刻限への関心は、負の側面のみに向いていたわけではない。肯定的な時刻として、例えば「暁闇」＝あかつきやみをあげている。靖は「暁闇」という時間には強いこだわりを持ち、「暁闇」と題する詩を書いている（『季節』一九七一年）。「いけない空間」「いけない場」は禁足地として伝承されている場合もある。

井上靖が注目した滝壺や淵と精霊の関係を考える時は、樹木の霊についても考えなくてはならなくなる。柳田國男は『神樹篇』の中で、樹齢を重ね、枝が極度に垂れた樹に昔の人は特段に注意したとして、早川孝太郎の、加賀小松地方の山樵は必ずそうした老樹を伐り残し、「生長するに従つて益々之を畏敬した。櫪《くぬぎ》其他の雑木にもあつたが、最も多くは松」であったという報告をふまえて、「之を神様松と称して敢て侵さぬのみか、神隠し其他の不思議な出来事は、大抵は此木を中心として、発現する」と述べている。ここに登場する異形の老樹は禁伐樹であり、その樹木の生えている一画は伝承上の禁足地であった。それは、時に「よくない空間」になるのである。

山に入る人びとは異形の樹木・畸形樹に注目し、こうした樹木の精霊をとりわけ強いものとして禁伐伝承を以って守った。東京都青梅市御嶽《みたけ》神社の裏山に、湾曲した太い枝を腕のように張り上げている杉の老樹がある（写真㉟）。この木は「天狗の腰掛杉」と呼ばれている。『しろばんば』の「洪作の神かくし」の終末部に伯父である石守森之進が、見舞客の一人に、「こんなにひ弱じゃ、将来困りもんじゃ。天狗だって喰ってもうまくないと思えば見棄てますよ」と語る部分がある。このことばの中には暗に神隠しと天狗のかかわりが語られているのであるが、天城山麓のみなら

写真㉟　天狗の腰掛杉（東京都奥多摩町、御嶽神社の裏山）

ず、神隠しは天狗によって起こされるとする伝承は各地に広く見られた。その天狗の拠り所の一つが畸形の老杉のごときものであった。禁伐樹としては次のような例がある。㋐窓木＝枝と幹とが密着して円形の空間を作っている木で、山の神の木だと伝えている。それは栃の巨樹だったが枯死した（岐阜県飛騨市河合町角川）、㋑三又木＝山の神のお休み木だから伐ってはいけないと伝える（山形県西置賜《にしおきたま》郡飯豊《いいで》町高峰）、㋒東鎌枝西梢《ひがしかまえだにしこずえ》＝東側の枝が鎌のように曲って、西側に出た枝が梢のように伸びている木（静岡県榛原《はいばら》郡川根本町犬間《いぬま》）、㋓日通し＝双幹型の木や鎌枝の間から朝日を見ることができる木（同）、㋔箒木＝幹の生長が途中で止まり、そこから枝が簇生している木（同）などがある。

㋐㋑は明確に山の神にかかわる木だとしており、他のものも禁伐樹とされている。直上的に育たない木は実用性がないから伐られないのだという見方もできるであろうが、畸形ゆえの稀少性、神聖感に対する畏怖の眼ざしは否定できない。写真㊱は、八丁池を目ざす途中、天城山中で見かけたブナの巨樹であり、畸形樹である。根のすぐ上から四方に張り出す太い腕状をなす枝、この威圧感・存在感はどうだ。こうした老樹は樹精に満ちた森のヌシである。こうした巨樹は、樹林を継続させるための「種木《たねぎ》」、種を撒き散らす命の木となって森を守ってきたのである。

作家井上靖を育んだ天城山にはこのような木がたくさんある。県の天然記念物に指定された太郎杉（樹高四八メートル、根周り一三・六メートル、目通り幹周り九・六メートル、推定樹齢四〇〇年、

写真㊱　ブナの畸形樹（天城山中）

写真㊲）や、徒《かち》時代の天城峠（標高八八〇メートル）、即ち二本杉峠の名称のもとになった二本杉などにも注目しなければならない。峠は時として「いけない空間」となる。「いけない空間」として民俗的に知られているものの一つに「クセ地」「祟り地」「罰山」「フヂ」などと呼ばれる場所があるが、ここでは言及しない。

『しろばんば』を読み進めると、「神かくし」にかかわる村落共同体の対応民俗があったことがわかる。探索に対する炊き出し、さらには「神かくしが見付かったことに対するお礼の祈禱」（これは発見地点で行う）、帰還時の見舞、などが行われていたことがわかる。柳田は、時に「神隠し」のことを「迷子」とも称しているのだが、探索に際しては鉦《かね》・太鼓を叩く地があったこと、関東では「まい子の〳〵何松《なにまつ》やい」などとくり

写真㊲　傘型に聳える太郎杉

ている。

返し、上方辺では「かやせ、もどせ」と、ややゆるりとした悲しい声で唱えてあるいた、と述べ

人は長い間の歩みの中で始原の要素を剝ぎ落とし、消去することに意を注いできた。山野を拓き、人の領域を徹底的に拡大した。その結果、自然の持つ暗がりはなくなり、闇夜までも白昼化しつつある。そして、自然の根源に対する畏敬や畏怖の念を喪失し、無機質、効率絶対化、無感動の世界に突き進みつつある。井上靖は、その原郷において、『日本書紀』に書かれている「磐根《いはね》、木株《このもと》、草葉《くさのかきは》も、猶能《なほよ》く言語《ものい》ふ」という始原の世界に感応してきた。その体験の数々が、作家の、みずみずしさや、やさしさ、善なるものへの共感、骨格のある生き方を培う重要な要素になっていたのである。

第八章　馬

一　馬の湯

1　湯ヶ島の黄金風景

井上靖は幼少年期から馬に関心を寄せていた。『しろばんば』に次の記述がある。

洪作たちは西平《にしびら》の共同湯を選ぶ場合、もう一つの理由があった。それは共同湯のすぐ隣に馬の湯があって、よく馬がここで体を洗われていることがあったからである。長方形に仕切られた浴槽は、勿論屋根も持っていず、人のはいる方の浴槽に較べると、ずっと浅かった。

これは少年期の眼によって描かれている。
『幼き日のこと』の中にもこの馬の湯が登場するのだが、こちらは幼年期の眼ざしによるもので、描写は詳細である。

春らしい季節感を持っている二つの記憶の断片がある。一つは、春の白っぽい夕暮の中で、おかのお婆さんと二人で、馬が野天の浴槽で体を洗って貰っているのをみていた記憶である。西平という字の共同湯の隣りに、そこから流れ出す湯を集めて、深さ二尺ほどの浅い四角な浴槽が造られてあった。共同湯はもちろん建物の中に収められてあるが、この方は野天風呂である。近くの農家の人たちが農具を洗うために造ったものであったが、おそらく私の記憶の舞台はそこであろうと思われる。おかのお婆さんに連れられて西平の共同湯に出掛け、入浴をすませたあとで、隣りの野天の浴槽で馬が体を洗われていたのを見ていたのであろう。馬は浅い浴槽の中に立っている。男の人がバケツで湯をかけては、その体を藁か何かでごしごしこすっている。それを見物していただけの記憶であるが、何かほのぼのとした明るいものがこの記憶を彩っている。（中略）私も、おかのお婆さんも、附近の石にでも腰を降ろし、何のへんてつもない馬の入浴を、案外倦きずに眺めていたのかも知れない。

たしかに回想の馬の湯の情景の核心には、「何かほのぼのとした明るいもの」があったにちがいない。ここには靖の生きものに対する眼ざしの原点がある。そして、それを喚起させているものは「馬の湯」という民俗に底流する、馬に対する人のやさしさである。馬が馬の湯の恵みに浴するのは、まず、田植にかかわる水田の荒起《あらお》こし・代掻《しろか》きなど、いわゆる馬耕の後の土おとしであり、馬の重労働に対する癒しでもある。荒起こし・代掻きの期間は、大豆や麦、稗《ひえ》を煮たものなど、馬に特別な餌を与えるのは全国共通の慣行だった。

岩手県花巻市石鳥谷《いしどりや》町戸塚小字蒼前に、馬の守り神「蒼前《そうぜん》」を屋号とし、代々馬を扱い続けてきた藤原家がある。当主の昭男さん（昭和二十年生まれ）は以下のように語る。「山仕事をさせた場合には馬の足や脚は洗わない。しかし、馬に代掻きなどの農作業をさせた場合には、川の中を歩かせ、足・脚から腹まで丁寧に洗ってやったものだ」――。

2　馬の湯の民俗

「馬の湯」は中伊豆温泉地帯の民俗だった。その詳細については相磯守氏が「中伊豆地方の「馬の湯」」（『伊豆の国　第二集――特集　温泉』木蓮社・二〇〇〇年）として報告している。中で相磯氏は湯ヶ島の他に、修善寺《しゅぜんじ》・大仁《おおひと》・大見・古奈などの事例を紹介している。田植の代掻きなどに馬を使って、作業終了後に馬を至近の馬の湯につれて行って脚や体を洗ってやり、足を温泉に浸《ひた》してやる。こうして馬の疲れを癒してやるという慣行が民俗として生きていたのである。

代掻きに馬が使われ始めた時代は定かではないが、中世の匂いを色濃くとどめた「田植唄」の中に代掻き馬が登場する。

〽田郎次（田主《たあるじ》）さん　代掻き馬を揃へられた　黒鹿毛馬を九匹まで（御殿場市中畑）

〽田郎次さん　代掻き馬を揃へたる（り）　葦毛の馬を十三匹（御殿場市玉穂）

〽今日の田の代馬は馬子千疋をそろひ（へ）た（富士市松野）

泥田へ入った馬の足を水で洗ってやるのは一般的なことなのだが、それが温泉であり、さらに一定時間温泉に足・脚をつけることができるとすれば、馬にとってはこの上ない幸いである。温泉にひたってうっとりとしている猿の映像はテレビでもしばしば放映される。山形県湯殿《ゆどの》山の霊泉の一角で数匹の青大将がトグロを巻いていた姿は忘れがたい。動物は温泉を好むのである。「温泉発見譚」で獣や鳥が発見者として伝えられる例は全国的に広く分布する。それは伊豆にもある。「猪戸《ししど》温泉は、葦の生えた荒蕪地であったが、野猪の手負いが来て叢の出湯に浴して傷を癒していたのを見て温泉を開いたという」（静岡県伊東市松原、柳田國男監修・日本放送協会編『日本伝説名彙』一九五〇年)。類似の骨子を持つ「鹿の湯」としては長野県南佐久郡南牧《なんもく》村、岐阜県恵那市岩村町、三重県の湯の山温泉、福井県大野市の鹿井の湯などがあげられる。他に、猿の湯・鶴の湯・鷺《さぎ》の湯・鴻《こう》の湯・鳩の湯など多々ある。

人が生きものから温泉の在《あ》り処《か》を学び、学んだ人間が、時に重い労働を果たした馬を癒すために「馬の湯」を設けた心は温い。井上靖の馬の原風景に西平の「馬の湯」があったことは見逃し難い。

ところで、現在その馬の湯はどうなっているのか。「湯道《ゆみち》」と呼ばれる西平の共同浴場へ下る道がある。「湯道」と刻まれた古風な標柱(写真㊳)からさらに川へ向かって進むと河鹿《かじか》の湯と呼ばれる共同浴場がある。その左手、西平橋寄りの川端に、河原石をセメントで固めた径一・三メートルほどの丸い浴槽がある(写真㊴)。現在、湯ヶ島の人びとはこれを「犬猫温泉」と呼んでいる。傍には写真㊵のような標示があった。馬の湯の変容である。靖の描いた馬の湯は河原に近いところにあり、馬が足・脚をつけることのできる広さがあったのだが、これは、昭和三十三年九月二十六、二十七日の狩野川《かのがわ》台風の折に流失してしまったという。時の流れの中で馬の湯が犬猫温泉に変容したのである。湯ヶ島長野の浅田喜朗さん(昭和十五年生まれ)によると、長野で馬耕が行われた最後は昭和三十五年だったという。

右下：写真㊳　「湯道」の標柱
上：写真㊴　「馬の湯」の心を継承する
「犬猫温泉」
左下：写真㊵　「犬猫温泉」標示
（すべて伊豆市湯ヶ島字西平）

二　馬車

1　異郷憧憬の揺籃

井上靖を育んだ地、湯ヶ島は伊豆半島の真中、天城山北麓で、東海道筋へ出るにも南の下田へ向かうにも下田街道によらなければならなかった。靖がもの心ついたころ、下田街道には馬車が通っていた。靖の作品にはたびたびその馬車が登場する。

靖少年と馬車とのかかわりをよく示しているものに随筆「湯ヶ島」（『旅行の手帖』第二十六号・一九五六年四月・自由国民社）がある。

私が小学校の四五年の頃（大正八九年）、修善寺から下田までバスが通うようになったが、その前の交通機関は馬車であった。毎日三四回、当時駿豆線の終点であった大仁まで、六人乗りの鉄輪の馬車が石ころ道を跳ね上りながら通った。私たち子供たちはよく駐車場に集って、馬車を送り迎えした。馬車を送る時は、馬車と一緒に駈け出して、隣部落との境いの橋のところまで行って、そこで馬車と別れた。馬車を迎える時は、馬車の喇叭の音が聞えて来ると、その橋まで出向いて、ありったけの歓声を上げながら、馬車と一緒に駐車場へゴール・インしたものである。私たち子供が特に馬車に関心を持ったのは、その馬車に依って必ず何か都会の匂いを持ったものが運ばれて来たからである。

右の文章の中には㋐馬車からバスへの転換、㋑少年たちの馬車の送迎と、馬車の運びくる都会的なものへの憧れ、㋒隣部落との境の橋――境界意識、という重要な小主題が語られている。以下、㋐㋑について言及し、㋒に関しては第五節で詳しく述べる。

2　馬車からバスへ

馬車からバスへの転換、この交通手段の変容は、ムラびと、街道ぞいの人びとにとって大きな事件だった。とりわけ馬車の馭者《ぎよしや》にとっては深刻な問題だった。『しろばんば』の中にこの転換について、馬車曳きの兵作と小学校の小使のおっさんの口論が描かれている。それを受けての洪作の思いが次のように語られる。

バスが走ることで、馬車曳きの兵さんは本当に困るだろうと思った。洪作は兵さんという人物に平生余り好感は持っていなかったが、しかし、兵さんが馬を可愛がるのを見るのは好きだった。子供たちが馬にいたずらでもしようものなら、兵さんは顔を真っ赤にして憤《おこ》ったが、反対に馬に人参を与えている子供たちでも見つけようものなら、相好《そうごう》を崩して心から礼を言った。（中略）洪作は一年程前駐車場に兵さんを訪ねて、馬の話を聞いて作文に書いたことがあった。兵さんはその時、この世に馬ほど可愛いものはない。どんな辛い時でも一言も文句は言わない。ただ大きな涙を眼から出して泣くだけだと言った。馬が実際に大きな涙を流すかどうか洪作はその真偽の程を質す知識を持っていなかったが、しかし、その話には心を打たれた。そうしたことがあったので、洪作は兵さんと小使のおっさんとの喧嘩では、兵さんに味方したい気持の方が強かった。だが、第三者として傍観している限りでは、小使のおっさんの方に分があり、兵さんの方に敗色濃いものがあった。

ここではまず、洪作に仮託された靖少年の行動と思いに注目したい。馬の作文を書こうと思って兵さんのもとに出むいている点である。これはあきらかに後の新聞記者、作家の情報収集につながるものがある。このインタビューで「馬の涙」に遭遇したことは、幼時、おかのおばあさんと眺めた、馬の湯で脚や腹を洗われる馬のうれしそうでやさしげな目を想起させたことであろう。

馬の涙については私も強く心に刻んだことがあった。以下は、長野県木曾郡木曾町開田高原《かいだこうげん》西野の加村金正さん（昭和十四年生まれ）による。――中学時代までは常時二、三頭の木曾馬を飼っており、七月の馬市にたびたび二歳馬を送り出した。市出しに至るまでの間は、仔馬とともに遊び、仔馬をつれて歩き、日々親しんだ。市出しの日には大釜で大豆・稗など馬の好物を煮て、馬頭観音に供え、馬にもぞんぶんに喰わせた。家族はおのおの馬の顔に頬ずりして別れを惜しんで送り出す。二歳まで育てると情が移っているので別れがつらかった。「馬は涙を流しますよ」「馬は涙を流します。私は何度も見ました」、加村さんはくり返して強調した。

馬車からバスへの転換は各地で行われたのだが、その時期は一様ではなかったし、変容によって消えたものも様々である。

静岡県磐田市中泉と、浜松市天竜区二俣の間にも馬車が通っていた。磐田市寺谷の源馬秀保さん（明治三十五年生まれ）は大正十二年一月十日、浜松六十七連隊に入隊した。その日、秀保さんは馬車に乗って中泉へ向かった。三ツ入、寺谷、野部には立場《たてば》（馬車・人力車などの休憩所）があった。寺谷の立場には美濃屋という店があった。美濃屋の前で馬車が止まると必ずおかみさんが表へとび出してきた。彼女はいつも、馬車の後から車中を覗いて客の人数を数え、客の数だけお茶を用意して客に飲ませるのだった。別当（馭者）はその間に馬に水を飲ませる――二俣街道に見られたのどかな風景だった。出征する秀保さんの心にこの光景は車輪のリズムとともに刻まれた。満州における二年間の兵役を終え、磐田の駅に下りたのであるが、その時には馬車も馬も消え、代りにバスが走っていた。

3　馬車の双方向力

閉塞性を意識させる天城北麓の谷という環境に生きる少年たちにとっては、靖の記した通り、馬車は常に都会・異郷の匂い・珍しいもの新しいものを運んでくる存在だった。そして、馬はその馬車を牽引する力ある生きものだった。馬車は、都会からの温泉客、営林署へ赴任する者、大学生、都会からムラへの帰省者などを運び、それは作品の中にも多く登場している。馬車は入り来るもの、外なるものを運び来る存在である反面、内なるものを外へ運び出してくれる存在でもあった。靖・洪作・鮎太は馬車に乗って豊橋・沼津など都市部に出て刺激を受け、馬車によって下田という異郷を訪《おとな》うのである。

『しろばんば』に、洪作がおぬい婆さんとともに天城隧道《ずいどう》を越えて下田に向かう場面がある。

馬車がひんやりとしたずいどうを抜けて賀茂郡へ一歩踏み込むと、洪作の胸はある感動で大きくふくらんだ。もうさき子の事は思わなかった。思う暇がなかった。馬車はいまや他国の風景の中を、南伊豆を、天城の向う側を、やはりある感動で身ぶるいしながら走っていた。

異郷への道、異郷への憧れ、異郷との境についてはは後にもふれる。

三　馬とばし

1　行事の深層

靖少年たちは国士峠《こくしとうげ》（五一〇メートル）の向うの筏場《いかだば》で行われた「馬とばし」と呼ばれる草競馬に強い関心を寄せていた。『幼き日のこと』には次のように描かれている。

祭ではないが、毎年四月三日に、小さい峠を一つ越えた隣村の筏場というところで馬飛ばしがあった。馬飛ばしというのは競馬のことで、その日は、近郷の農家の青年たちが馬をひいて筏場に集った。丁度桜の季節で、馬場には何本かの桜樹が植えられてあり、花見をかねての競馬見物であった。私たちの村からも二、三人の若者がその草競馬に出場した。紺屋の次男が名手ということになっており、毎年、その季節になると、若者の名があちこちで囁かれて、その草競馬の騎手は人気者になった。

このほか「馬とばし」は『しろばんば』をはじめ、随筆「私のふるさと」や短篇集『あかね雲』

の中にも登場する。

馬とばしが「花見」を兼ねたものであることは作中でも指摘されているのだが、この行事を民俗的に見ると、「春山入り」「山行き」「高い山」などと通底しているところが注目される。四月三日は旧暦三月三日の月遅れだとも考えられるのだが、四月三日は神武天皇祭として知られてもいる。静岡県藤枝市ではこの日を「神武《じんむ》さんの日」と称して、「山行き」「山遊山《やまゆさん》」が盛んに行われていた。

以下は藤枝市上大沢の種石昌雄さん（大正九年生まれ）の体験である。「四月三日は山遊山と称して孫甚平《まごじんだいら》（上之山）へ登った。ムラから徒歩で約一時間かかったが、山頂からは焼津《やいづ》の海も大井川も見えた。下ると山葵沢《わさびさわ》もあった。子供・青年・中老などが登り、弁当・焼きむすび・スルメ・落花生などを食べた。一週間前から準備した万国旗を飾り、楽隊演奏も行われた。昭和十三年までは和笛と和太鼓だったが、十四年からは洋楽器の楽隊になった。出征兵士の壮行に際して他部落に圧倒されることのないように洋楽器にしたのである」。

「馬とばし」には出店も出るし、宴も盛んで馬も走るのだが、この行事の底には、四月三日という時期からして、「山行き」「春山入り」の要素が生きている。「山行き」は「庶民の国見《くにみ》」である。己れの住む地を眺望し、己れの耕す田畑を褒《ほ》め讃《たた》え、土地の霊を活性化させ、よって恵みをたまわるという深い祈りの伝統が潜在した。溯源すれば、春の山の活力をいただいて里に迎えるという要素もあった。こうした呪的要素は次第に稀薄化し、時の流れの中で、行楽的、娯楽的要素が増えることになる。短篇集『あかね雲』所収の「馬とばし」の中に次の一文がある。「富士なら、馬とばしのところから見た富士がきれいですよ。あそこの富士に勝るものは、この辺にはないでしょう」――山行きは、目的地に至るまでの眺望も重要で、「馬とばし」に関して言えば国士峠からの眺望も重要であるが、これについては後にふれる。

草競馬に限ってみても、民俗的な匂いはある。すべての農家が馬を持っているわけではない。馬を飼っている者が、馬を持たない農家の田の賃犂《ちんす》きに傭われることもあった。傭う側は当然、力のある馬、馬の扱いの巧みな使い手を選ぶ。草競馬はその見本市にもなった。「紺屋の次男」清さんはよい使い手だということになる。因みに代掻き賃は、長野県飯田市下瀬の場合、昭和二十年代で、一日分が田植日当四日分だったという（上松壮人さん・大正十五年生まれ）。

2　国士峠の景観変化

湯ヶ島から国士峠までは約四キロほどである。『しろばんば』では国士峠について次のように描かれている。

洪作たちは国士峠まで休まず駈け、峠へ登り着いた時、その峠附近の山の斜面を埋める茅《かや》の原へ身を埋めて休んだ。この附近は茅がいっぱい生い繁っているので、普通村人たちからは茅場という名で呼ばれていた。茅は一、二尺の長さに伸びているところもあれば、正月の山焼きですっかり焼かれて黒い焼跡《やけあと》を見せているところもあった。

国士峠は草山だったのである。山草には、屋根葺き素材となる萱《かや》と、肥料として田に入れるカッチキ（刈敷）や牛馬飼料にするマグサを総称するヒグサ（干草）とがあった。湯ヶ島長野小字箒原《ほうきはら》の浅田喜朗さん（昭和十五年生まれ）は山草について次のように語る。長野地区共有の草山は上野平で、そこは二町五反歩あった。箒原が標高三〇〇メートル、四〇〇メートル以上が萱場で、四〇〇メートルまでがヒグサ場だった。萱場は、毎年二月半ばに一戸一人ずつ出て山焼きをした。良い萱を生やすためである。幅八メートルの防火帯を作り、区長の指揮で、山の上部から点火し、徐々に焼きおろした。

浅田さんは、国士峠は、古くはコクサバ（小草場）峠と呼ばれていたとも語った。小草《こくさ》峠が国《こく》士《し》峠へと転訛した道筋もわかるし、靖少年が茅場に身を埋めたことも実感できる。

『幼き日のこと』では国士峠が以下のように描かれている。

峠まで一時間半ぐらいかかったことであろうと思う。峠から自分たちの集落全体が小さく見えた。その中に小学校も玩具《おもちゃ》のように置かれてあった。峠で休んでいた大人の一人が、――見ろ、あそこに富士山が見えている。と教えてくれた。――知ってらあ。――海も見えている。――海なもんか。――ばかだな、こいつら。ちゃんと海が見えているじゃねえか。実際に海は見えていた筈である。二、三年前にこの峠に立ったことがあるが、伊豆半島を埋めている山塊が重り合って拡《ひろが》っており、その果に富士が高く見えていた。そして富士山の左手に駿河湾の一部が望まれた。また東方に眼を向けると、馬飛ばしの筏場の集落が落ち込んで置かれてあり、南方には天城連峰が仰がれた。

国士峠は国見の場であった。

昭和五十三年に刊行された『静岡大百科事典』（静岡新聞社）では国士峠のことを「国士越《こくしごえ》」としている。その項目の末尾に、「一帯は湯ヶ島層群の上に安山岩質溶岩の天子山や天城山がのる複雑な岩石分布をもつ地域であるが、富士山と伊豆の山々の風景に恵まれた草原状の峠である」（北川光雄）とあり、井上作品同様、眺望の場としての特色が示されている。

井上作品にたびたび登場する国士峠に佇《た》ち、その眺望を確かめてみたいと思った。平成三十年九月六日、国士峠に向かった。長野部落をはずれると迂曲する林道である。両側は植林された山で、昼なおほの暗い。峠に着けば展望が開けるにちがいないと期待したのだが、その予測は甘か

写真㊶　変貌した国士峠

った。峠も写真㊶のような杉林に蔽われ展望はおろか、閉塞感すらある。泉鏡花『高野聖』の天生《あもう》峠《とうげ》越えのような圧迫感である。時の流れの中で「茅場」(萱場)は杉の植林となり、その杉も驚くほどに生長し、展望景観を遮閉するに至ったのである。生活や生業の変容は明らかに景観変化を招くのである。萱葺き屋根が瓦屋根、トタンやスレート葺きになれば屋根萱は不要になり、山焼きも行われなくなる。刈敷が化学肥料に替わり、牛馬の働きが耕耘機《こううんき》や自動車に替わればヒグサ場も不要になる。その代替として草山は杉の植林と化し、眺望景観を喪った。のみならず、草山から恵まれていた盆花や秋の七草も得がたくなったのである。こうした時に、作家が書き残してくれた景観描写やムラの民俗が新たな光を放つのである。作家が、消えた景観や民俗の中で育んできたものについても見つめ直してみなければならないのだ。

四　未来につながる異郷憧憬

随筆「私のふるさと」(『若い女性』一九六二年二月号)の中に「馬とばし」にかかわる次の文章がある。「競馬を見る楽しさもあったが、私たちを一刻も早くそこへ行き着くために駈けさせたものは、やはりそこが異郷であり、異国であったからである」(傍点筆者)――してみると、国士峠は異郷・異国との境界だった。そして馬とばしは非日常の行事だった。井上靖の自伝ものに見られる「異郷」「異国」「他国」といった表現には注目する必要がある。次の文章も重要である。

馬車が走り出すと、背後の踏台に乗ったり、窓にぶら下がったりして、隣部落の橋のところまで行った。そしてそこにある橋を渡りきると、馬車から飛び降りた。橋の向うは、私たちにはもはや異郷の感じであった。馬車にはめったに乗れなかった。一年に二、三回、馬車でOという部落へ行くことがあったが、私たちは軽便鉄道が通じているというだけのことで、そのOという部落を尊敬した。Oという部落へ馬車がはいると、心が自然に緊張し、その部落の子供たちの誰もが、活撥で怜悧《れいり》に見えた。道で彼等に会うと、何となく気が退《ひ》けて、俯《うつ》向《む》くようにして、こそこそと歩いた。

（「少年」傍点筆者）

他郷・異郷意識は東の国士峠や北の橋向う、O（大仁）などに比べて、南の「天城山隧道」に最も強いものがあった。

洪作が立っている入口とは反対側の向うの出口は、洪作のところからは半月状をなして見え、その半月の中に小さい他国の風景が嵌《は》めこまれてあった。峠のこのずいどうを境にして、こちらは田方郡であり、向うは賀茂郡であった。洪作には半月状に切り取られた賀茂郡の風景が、こちらのそれとはまるで違って、妙に生き生きとした新鮮なものに見えた。

(『しろばんば』)

トンネルの北麓、湯ヶ島で少年期を過ごした井上靖の心象の投影がある。この作品でも未知の南の地に対する強い憧れが描かれている。『しろばんば』には、「馬車はいまや他国の風景の中を、

写真㊷　天城山隧道南口

写真㊸　天城山隧道北口

南伊豆を、天城の向う側を、やはりある感動で身ぶるいしながら走っていた」とあるが、このトンネル越えの場面とは別に、天城山隧道北麓、湯ヶ島の少年たちにとって天城山隧道が特別な存在であったことも描かれている。

洪作たちはトンネルをトンネルとは呼ばず、〝ずいどう〟と呼んでいた。天城峠のずいどうは、洪作たちには何とも言えず魅力のあるものだった。湯ヶ島部落から峠までは二里近くあったが、ずいどうを見に行くというと、子供たちはその遠さを忘れて、いつもそこまで行ってみようという気になったものであった。

洪作は、「さき子姉ちゃん」と呼んで憧れた若い叔母の葬式が行なわれる日にも、他の子供たちとともに天城のずいどうに向かった。子供たちは着物を脱ぎ裸になって一心に歩いた。すれちがった大人たちは「ずいどうは裸では通れんぞ。夏でも寒いからな」「しようもない餓鬼どもじゃ」などと語った。少年たちにとって〝ずいどう〟は異郷への入口でもあり、異界への入口で

天城山隧道（旧天城トンネル）

- 着工：明治33年
- 開通：明治38年
- 工法：切石巻工法
- 標高：708.74m
- 延長：446.00m
- 幅員：3.50m
- 有効高：3.50m
- 国指定重要文化財（平成13年6月15日）
- 日本の道100選
- 日本の遊歩道100選
- 日本100名峠

写真㊹　苔むしたカエデの古木

もあった。そして、堅牢《けんろう》に築かれた西洋の匂いのするトンネルの北口は、文明開化・洋風なるものの象徴でもあった（写真㊸）。子供たちの胸をときめかせる、下田に来航した黒船の話がそれを支えていた。

　天城山隧道への道中には年古《としふ》りて苔むしたカエデの巨樹（写真㊹）が現れたり、一本の太い幹が分裂して直上するカツラ古木が道を塞ぐように思えるところもある（写真㊺）。こうした奥山の環境も少年たちの異郷意識を高揚させた。

　異郷意識を抱かせ高揚させるのは、山・川・峠・橋・トンネル・海峡などといった地形環境やそれにかかわる設備などであることが多い。そうした境界的な場は絶対的なものではない。それは年齢や成長過程、人の立場、心理状態、精神状態などによって層序的であり、波紋状に流動す

写真㊺　カツラの古木

写真㊻　湯ヶ島・市山を結ぶ簀子橋

る。例えば、「馬車」の節で引いた随筆「湯ヶ島」での隣部落との境の橋や、本節で引いた短篇「少年」で描かれた橋は、湯ヶ島と隣部落市山との間を流れる長野川に架けられた「簀子《すのこ》橋」のことだと思われる。写真㊻は市山側から湯ヶ島を望む簀子橋であり、写真㊼はその下を流れる長野川である。湯ヶ島・市山の間はまさに指呼《しこ》の間《かん》であるのだが、両者を結ぶ橋は少年たちにとっては異郷を意識させるものだったのだ。しかし、その少年が、青年になればその意識は薄くなり、やがて消えてゆく。

「少年」引用文中のOは大仁《おおひと》のことだと思われる。軽便鉄道の発着するOは少年にとって異郷であり、気後れを感じさせる地であった。これも長ずれば変哲もない場の一つとなり、かすかな思い出の地となる。少年期の異郷への憧れ、都会への憧れや気後れはやがて波紋状に遠のくにせよ、成長過程でより多

写真㊼　湯ヶ島と市山を分つ長野川

くの異郷意識や憧れ、時に気後れや刺激を受けるほど、人の内面は豊かになるはずだ。憧憬も気後れも、次なる思考や行動の発条になる。

井上靖は西域《せいいき》に強い憧れと執着を抱き続け、『敦煌《とんこう》』「楼蘭《ろうらん》」「洪水」「異域《いいき》の人」「漆胡樽《しっこそん》」など、強く心を動かす「西域物」と呼ばれる作品群を創出した。山本健吉は『楼蘭』(新潮文庫版)の解説の冒頭で次のように述べている。「西域物を主とする氏の大陸物には、氏が若いころから胸の中につちかった夢が託されている。氏は高等学校の学生時代から西域関係の旅行記を読み出し、それは今まで続いているという」――指摘の通りだと思う。しかし、その土壌には作家が少年時代から抱き続けた「異郷憧憬」「異域が誘引するものへの感応」「異域探究の心」などがあったこともたしかであろう。そして、それらには馬車や馬がかかわっていたのである。

五　軍馬

井上靖は昭和十二年九月、名古屋第三師団野砲兵第三連隊輜重兵《しちょうへい》中隊の一員として中国北部に出征している。輜重兵とは、軍隊が必要とする兵器・糧食・被服などの運搬に当たる兵士である。そのため、馬を使うことが多かった。とりわけ野砲にかかわる場合に、馬の力は欠くことができなかった。

『幼き日のこと』の中に、「暁闇」という靖の好む未明の時刻について述べた部分がある。そこに馬が登場する。

大陸の野戦においては、部隊の出動は大抵暁闇を衝《つ》いて行われた。私は輜重兵で馬をひいていたので、馬といっしょに歩いた暁の闇は、今になると懐しいものである。兵も、馬も、暁の闇の中を半分眠りながら歩いて行く。河北省の永定河《えいていが》を渡ったのも暁闇の中なら、保定《ほてい》城外を進発して行ったのも暁闇の中である。

ここでは馬とのかかわりが比較的穏やかに描かれているのだが、馬との厳しい緊張関係が記されたものもある。

「井上靖未発表資料2　行軍開始まで――「中国行軍日記」補遺」(『伝書鳩』第十一号・井上靖記念文化財団・二〇一一年)に収載されている馬にかかわる一文がある。昭和十二年十月四日の条にある以下の記述が注目される。

十月四日　夜半十二時突如非常呼集。匪賊《ひぞく》の襲撃かと思つて飛起きると、駅に馬を曳きにゆくといふ。匪賊の襲撃の方がまだいい。真暗い駅の構内で、貨車から苦力《クーリー》が一匹づつ馬を引出し、それを否応なしに引張る。生れて始めてだ。馬の総数四百二十五。殆んど総ての人間が怖らく馬は始めてだろー。全人、死物狂の気持だつたろー。真暗い、一寸先もわからぬ道を、黙々と必死に引いたのだ。周囲の人をみてもみんなピーンと怖さに緊張した顔！　顔！　顔！　馬を車輌の間につなぐのも命がけ。乾草を与へ乍ら歩いたこの夜の気持は一生忘れまい。車輌の間につなぎ終ると夜が明けた。

戦闘場面ではないが異常な緊張感が伝わってくる。内地で「軍馬御用」として選抜され買いあげられた馬が野砲牽引用軍馬として貨車で運ばれてきたのだ。その馬が、夜間、馬の扱いに不慣れな兵士たちに引きたてられる。馬は音にも、色にも、気配にも敏感で、驚くと暴れる。極めて危険な任務である。井上靖が幼少年時代に馬に向けた眼ざしはやさしかった。馬は憧れを運び、少年を異郷へ運んでくれる存在でもあった。そうした馬の印象がこの夜に激変した。馬から受けた恐怖感は一生忘れがたいものとして刻印された。じつに悲しいことだが、これは戦争という異常な状況下によるものだった。

井上靖が応召した年と同じ年に、同じ連隊、同じ兵科に配属された人から全く偶然に話を聞いたことがあった。それは、静岡県藤枝市横内の石田覚次郎さん（大正二年生まれ）だった。以下は石田さんによる。――昭和十二年に召集を受け、同十四年に帰還した。配属は、名古屋第三師団野砲兵第三連隊付兵站輜隊幸村部隊で、中国大陸を転戦した。石田さんの所属した隊は駄馬引きだった。車輌を牽引するのではなく、馬の背に荷駄をつけて運搬したのである。一箇中隊三五〇頭の駄馬が配属されていたのだが、そのすべての馬は長野県下から集められた在来馬、木曾馬だった。木曾馬は、体は小さいが担駄力、脚力が強く蹄《ひづめ》も丈夫で、難路や長距離歩行に優れた力を発揮した。米一俵を二斗ずつ振り分けにして長距離を歩かせた。こうした木曾馬部隊の中では将校の乗る少数の西洋馬は異様に大きく感じられた——。

野砲は口径七五～一〇五ミリ、重砲は一〇〇ミリ以上、一五〇ミリにまで及んだ。野砲や重砲を牽引したのは当然のことながら馬力の強い大型の西洋馬だった。井上靖が夜間強い緊張感を以って扱った馬は野砲を牽引し、時に輜重車を引くための大型西洋馬だった。

第九章　**狩野川——河川探索の水源**

一　水生地によせて

洪作は湯ケ島付近の上流の狩野川《かのがわ》から、沼津を流れている下流の狩野川まで、その大体の川筋を知っていた。御成橋の上に立つと、一本の長い青い流れが、自然に洪作の眼に浮かんで来た。

（『夏草冬濤』）

流れて止まぬ一筋の川を源流部から河口部まで知るということは、自然観・環境観の醸成に資するに止まらず、流域の人びとの多様な暮らしぶりを知ることにもなる。また時に川の流れと人生とのかかわりを思うことにもつながる。「濫觴《らんしょう》」という漢語とその意味するところとも重なる。

こうした川のとらえ方は様々な視角や思索を刺激する。しかし、川の源流部から河口部までを知るということは決して容易なことではない。

井上靖が狩野川を熟知するに至ったのは、狩野川が延長四六キロと比較的短い流れであったからではない。幼少年期を源流部とも言うべき天城山麓で過ごし、旧制中等学校時代を河口部の沼津で過ごし、おのおのにおいて川と様々なかかわりを持ち、流れに沿って幾たびも下り、上りをくり返し、季節ごとの景物になじんできたからである。とりわけ作家の鋭く柔軟な感性は、幼少期からその五感によって狩野川の様々な表情を心に刻み続けてきたからだった。

これまでも、粘土探索行、淵の恐怖、浄蓮の滝、天城隧道行などで狩野川にふれてきた。馬とばしや棚場の椎茸じい（天城山中で椎茸の研究をしている洪作の祖父）訪問などでも狩野川水系の流れとかかわっていたのである。時には水源に近いところまで迫っていたはずである。

下田方面へ向かう国道四一四号線沿いに「水生地下《すいしようちした》」という東海バスの停留所がある。その南眼前の本谷川《ほんたにがわ》に天城大橋が架かっており、車の流れが絶え間なく続いている。橋を越えると現在の天城トンネルである。バス停の向かい側から迂曲する旧道の坂道をたどると靖少年たちがたびたび探訪した「天城山隧道《ずいどう》」（開通明治三十三年）に至る。隧道の手前に本谷川に架かる白橋がある。そこから上流部に入ると第三章でふれた氷室跡があり、その左手奥が「水生地《すいしようち》」である。水生地とは、清冽な流れが生まれ出る水源を示すにふさわしい地名である。

写真㊽　水生地付近の本谷川

伊豆市湯ヶ島町与市坂《よいちざか》から松ヶ瀬に嫁いだ勝又久江さん（昭和十二年生まれ）は、水生地を含む狩野川源流部について次のように語る。――父親が炭焼きをしていたので水生地まで入ることがあった。水生地付近の流れの中の石には川《かわ》海苔《のり》（緑藻類カワノリ科の淡水藻でアオサに似る）が付いた。小学生のころよく川海苔採りに出かけたのだが、父に、川海苔を採りに行ってもよいが、流れが渦を巻いているところに近づいてはいけない、と注意されていた。川海苔採りには味噌濾《みそこ》しに使う小さな籠を持って行った。採って持ち帰った川海苔は、篩《ふるい》の網を使ってのして干しあげた。焙《あぶ》って醤油をつけて食べたり、おむすびを包んだりした。この貴重な川海苔は狩野川台風以後付かなくなってしまった――。

靖少年も当然水生地一帯に足を入れていたはず

である。

靖少年は流れを聴覚で心に刻んでいた。『幼き日のこと』には次のようにある。

夏のひる下がりなどは、陽光に照り輝いている風景そのものが、窒息してでもいるかのように静かである。窓に眼をやったり、天井に顔を向けたり、畳の海を見渡したり、他に何もすることがないので、そんなことを繰り返している。そうしているうちに、眼の働きは停止して、耳の方が忘れていた機能を取り戻す。流れの音、水車の廻っている音が耳にはいって来る。

水車を廻す水は下って狩野川の流れに合するのである。

二　泳ぎ場の伝承と「ナンガレ」

靖と狩野川とのかかわりの一つに夏の川泳ぎ、水浴びがあった。それは様々な作品にたびたび描かれているのであるが、ここではまず「夏の焰」の中から引く。

私たち小学校一、二年の坊主たちの泳ぎ場所は、K川の支流であるN川に二カ所あった。部落の外れでN川はK川と合流しており、K川の方が川幅も広くいかにも本流といった貫禄を持っていて、泳ぐに適当な淵も幾つかあったが、その方は上級生たちの泳ぎの場所で、わたしたち下級生はみんなN川の方へ出掛けたものである。それにN川の方が、部落の南を占めている字《あざ》の子供たちには家からの距離も近かった。N川は川筋いっぱいに大小の石が転がっていた。大昔の洪水の時山から転がり出た石が一夜にして川を埋め、現在のようになったのだと言われていたが、それがいつ頃のことか誰も知らなかった。石はその上に数人の子供が這い上ることができる程大きいものもあれば、一人が腹這いになって水浴びで冷えた体を暖めるに手頃な大きさのものもあった。それ以下の小さいものは、一面に流れの中に没していて、その上を踏むと、どんな子供でも滑るようにぬらぬらした水垢《みずあか》が厚く附着していた。青く澄んだ冷たい水の流れは、こうした大小無数の石の間をかなり急な速さで流れ落ちていて、到るところに水の飛沫《しぶき》を上げていた。全くの渓流である。こうしたN川の流れではあったが、そこに多少水の澱《よど》んでいる淵が二つあった。一つは男の子の水浴びの場所で男淵と呼ばれ、一つは女の子たちの水浴びの場所で女淵と呼ばれていた。

ここに描かれているK川は狩野川本流、N川は狩野川支流の長野川だと考えてよかろう。ここではまず、子供たちの泳ぎの場所が年齢階梯的に伝承されていたことに注目したい。こうしたことは、泳ぎのみならず、多くの営みの中で、子供たちの上級生、年長者、秀でた者への憧れ、成長願望などを育むものであった。兄弟、姉妹の数が減り、地域共同体の中で極度に少子化が進んでいる現在、何らかの形で補って行きたいことの一つである。男女別の泳ぎ場の伝承は時代を反映したものである。共同体の子供たちの中の泳ぎ場も、伝承を以って定められていたのである。泳ぎ場の、本流と支流の仕分けは水難防止の効果も果たしていた。

さて、渓流とも言える長野川での泳ぎ方については『夏草冬濤』の冒頭で次のように描かれている。

洪作は小学生時代を郷里の伊豆の山村で送っていて、夏は毎日のように川にはいっていたので、川なら、どんな急流でもそれに体を投げ込むことができたが、海となると、からきし意気地がなかった。渓流の石と石との間を、流れの力を借りて、下流へと体を流して行くことを、村の子供たちはナンガレと呼んでいたが、その名の如く泳ぐのではなくて流れるのである。

文中に出てくる「ナンガレ」は貴重な民俗語彙である。川での遊びは「ナンガレ」だけではなかった。「夏の焔」には次のようにある。「私たちは男淵で午前に一回、午後一回泳いだ。何回も淵に飛び込み、泳いだり、沈めっこをしたり、水掛けをしたり、枯れた材木の大きな奴を見付けて来て、それを水に浮かべて、それに取り付いたり、跨《また》がったり、いろいろなことをして遊んだ。そしていったん水へはいると、寒さのために唇が紫色になるまで流れから出なかった」——。『しろばんば』には次のようにある。「洪作たちは何回も水を浴び、何回も冷えた体を石に当てて背を干した。子供たちは石で体を温めることを甲羅を干すと言った。実際に河童《かっぱ》が甲羅を干すのに似ていた」——。

「ナンガレ」のほかに、学年が進むと「淵へのとび込み」を行うのも魅力だった。「夏」という散文詩に次のようにある。

四季で一番好きなのは夏だ。夏の一日で一番好きなのは昼下がりの一刻《ひととき》——、あの風の死んだ、もの憂い、しんとした真昼のうしみつ刻だ。そうした時刻幼い頃の私はいつも土蔵の窓際で、祖母ととうもろこしを食べていた。小学校に通っている頃は毎日、インキ壺のような谷川の淵に身を躍らせて、その時刻を過した。

（『遠征路』一九七六年）

さらに、詩集『季節』（一九七一年）に収められている「淵」という詩にも、「ああ、遠いあの日

写真㊾　狩野川支流長野川、「ナンガレ」の舞台

のように烈しい夏がほしい」で始まる淵での泳ぎが描かれている。「ナンガレ」も「淵へのとび込み」も無垢な心身に深く刻まれた、自然に抱かれる記憶、狩野川の記憶である。

三　修善寺弘法の縁日

広く知られている狩野川の支流の一つに、左岸に注ぐ修善寺川《しゆぜんじがわ》がある。この川は桂川《かつらがわ》とも湯川とも呼ばれている。湯川という別称は、修禅寺山門前の流れの中の巨岩に湧出する「独鈷《とつこ》の湯」（写真㊿）と深くかかわる。説明板には次のように書かれている。

大同二年（八〇七年）弘法大師がこの地を訪れた時、桂川で病み疲れた父の体を洗う少年を見つけ、その孝心に心を打たれ、「川の水では冷たかろう」と、手にした独鈷（仏具）で川中の岩を打ち、霊泉を湧出させたと言う。そして、大師が父子に温泉療法を教えたところ、不思議なことに、父の十数年の痼疾はたちまち平癒したと伝えられ、この後この地方には温泉療法が広まったという。いわゆる修善寺温泉発祥の温泉で伊豆最古のものと言われている。

右の伝承と呼応し、伊豆市修善寺の修禅寺では毎年四月二十日、二十一日に春季弘法忌が施行

写真㊿　狩野川・修善寺川の合流点

写真51　弘法大師伝承を纏う独鈷の湯、修善寺川の川中島をなす巨岩が聖性を高めている

される。二十日午後一時、輿《こし》による弘法大師像の奥の院へのお上《のぼ》りが行われる。かかわって湯汲み式も行われる。奥の院では御逮夜《おたいや》法要が営まれ、翌二十一日の忌日にはお下《くだ》りで十四時三十分までに鎮宿される。十五時、大祈禱となる。この春の弘法忌の他に、八月二十一日に秋季弘法忌も行われる。

靖は少年時代に、「修善寺の弘法さん」と通称される春季弘法忌、四月二十一日の縁日にその祭りの賑わいの中に身を置いたことがあった。その様子が『幼き日のこと』の中に描かれている。

大仁《おおひと》行きの馬車を、途中で棄てて、私たちは大人たちに遅れないように半ば駈けるようにして歩いた。祭の現場に辿り着いた時は暮方になっていた。（中略）桜の満開の春の祭であった。幼い私たちは修善寺の温泉町に一歩踏み込んだ時から、眼に映るものすべてがもの珍しかった。大きな旅館や店舗が並んでおり、道にはぎっしりと弘法さんに向う人々が詰まっていた。やがて橋のある辺りから小屋掛けの店が並び始め、お面を売っている店もあれば、色のついたニッキ水の罎《びん》を並べている店もあった。白いぶっかき飴、朝鮮飴、豆のはいった飴、同じ飴を売る店にしても、店によって、それぞれに売っている飴の種類が異っている。子供たちは忙しかった。白い綿菓子が次々に出てくるふしぎな機械も見なければならないし、しんこ細工の狐やおいらんを器用に作っている小父《おじ》さんの顔も眺めなければならなかった。（中略）薄暮の立ちこめている境内のたくさんの店にはアセチレンガスの青白い燈火がつき始める。いかの煮付の匂い、おでんの匂い、甘酒の匂い。

この「修善寺弘法」の人いきれがするほどの賑わい、色、声、音、匂い――長じて後、異国をめぐる旅の中で突如としてそれらが靖の心に甦ってくる。

先年、西トルキスタンのウズベク共和国へ行ったとき、フェルガナ盆地のマルギランという古い町のバザールを覗《のぞ》いたことがある。それぞれに眼の色と、皮膚の色を異にした雑多な民族が町の郊外の一画にひしめき合っていた。そこではありとあらゆる物が売買され、小屋掛けの店の間には、老人も、子供も、男も、女もミキサアにでもかけられたように動き廻り、喚声も、叫声も、怒声も、驢馬《ろば》のいななきも、到るところから湧き起っていた。私はこの時、同行者の一人に幼い時行った祭のようだと言って、相手を驚かせた。（『幼き日のこと』）

「修善寺弘法」の縁日の賑わいがいかに強く心に刻まれていたかをよく物語っている。

私が初めて「修善寺弘法」という言葉を聞いたのは昭和六十二年十月二十四日、伊豆市大平柿木の下山友一さん（明治三十九年生まれ）からだった。友一さんは、「燕が来ると半纏《はんてん》を脱ぐ」という自然暦について語る中で、それはほぼ修善寺弘法の縁日、四月二十一日と一致すると語った。八月二十一日の秋季弘法忌のことは全く話題にのぼらなかった。

湯ヶ島白壁荘の先代女将、宇田晴子さん（昭和二年生まれ）によると、小学校六年生の時までは四月二十日、二十一日の夜、即ち春季弘法忌に合わせた両日の夜、東海バスが、修善寺・湯ヶ島間の臨時バス二台を走行させていたという。

修善寺町修善寺に住む影山慶治さん（昭和四年生まれ）は次のように語る。春の縁日に修禅寺境内と川縁に露店が二十軒ほど並んだ時代があった。古本屋、綿菓子屋、タンキリ飴など様々な店が出た。縁日に露店で財布を買ったことがあった。賑わいは次第に八月の縁日の方に移ってきた。縁日にはサバのオボロや椎茸をのせた田舎ズシをつけるならわしがあった。

伊豆市松ヶ瀬の勝又久江さん（昭和十二年生まれ）は、四月二十一日の弘法さんには学校が休みになった時代があったという。また四月の縁日には与市坂《よいちざか》の実家の親を招待し、スシをつけたとも語った。

右に見る通り、春の修善寺弘法は狩野川流域で人びとの暮らしのリズムの中に長い間、深く定着した信仰であり、楽しみでもあった。それは、燕の来訪期と重なり、本格的な農作業が始まる前に、英気を養う節目ともなっていたのである。時の流れの中で、農のリズムが弱まり、娯楽も多様化した。八月二十一日の弘法忌が観光事業としての花火大会と強く結びつくのにしたがって、人びとの修善寺弘法への関心は四月から八月へと移ってきたのである。

令和元年八月二十一日、修禅寺へ参った。午後三時、山門前にも川岸の路傍にも露店はほぼ出そろっており、参拝者も集まり始めていた。出店のほとんどが、バナナチョコ・フランクフルトなど横文字の食べものを売る店である。靖少年が見たおのおのに珍しく多様な品々を扱う店は見られなかった。露店の商品が単純化していると言ってもよかろう。アセチレンガスの匂いと食物の匂いが混じった複雑な匂いもまた単純化している。花火があがり始めると人出も増してくる。春から夏（秋季弘法忌）へと縁日の賑わいが移り、露店の商品は様変わりしても、祭りは命脈を保っていた。

写真(52)(53)　秋季弘法忌で賑わう修禅寺門前の露店

伊豆市松ヶ瀬に延喜式内社軽野《かるの》神社が鎮座する。当社は狩野川左岸にあり、社叢には椎や槇《まき》の古木

写真㊹　軽野神社社叢（伊豆市松ヶ瀬）

写真㊺　狩野川の鮎釣り（軽野神社前方）

が目だつ（写真㊹）。『日本書紀』応神天皇五年の項には次の記述がある。「冬十月に伊豆国に科《ふれおほ》せて、船を造らしむ。長さ十丈《とつゑ》。船既に成りぬ。試に海に浮《う》く。便《すなは》ち軽《かろ》く泛《うか》びて疾《と》く行くこと馳《はし》るが如《ごと》し。故《かれ》、其の船を名《なづ》けて枯野《からの》と曰ふ」――。枯は軽であろう。当社の近くには船原という地名もある。八月、軽野神社前方の狩野川では鮎釣りが盛んに行われていた（写真㊺）。作家井上靖の心中には、狩野川流域で、作品化や活字化されない様々な景観や小主題が尽きることのないほど刻まれていたにちがいない。

四　御成橋にて

沼津市、狩野川に架かる「御成橋」は井上作品の中にたびたび登場する。「洪作は賑かな表通りを、風呂敷包みを持って歩いて行った。御成橋の近くまで行くと、洪作はかみきの家のある場所を思い出した」（『しろばんば』）。「御成橋を渡った。三人は御成橋の上で狩野川の流れを見降ろした」、「放課後、御成橋の上で待っているよ」、「御成橋を渡る時、四人の少年たちは橋の上で足を停めて、暗い川の面《も》を眺めた」（『夏草冬濤』）。

中学時代は沼津で過した。町の中は狩野川が流れており、町を外れるとその流は海に入った。

写真㊻　昭和12年竣工の御成橋と豊かな狩野川の流れ

郷里の狩野川とは異って、ここまで流れ降って来ると、たっぷりと水を湛えたおっとりとした品のいい河になっていた。町中に御成橋という橋があり、中学校からの帰りに、必ず橋の上から流れの上に視線を落したものである。春先きの頃この河の畔りを歩くと何とも言えずのどかであった。川というものが私の生活に入って来るようになったのは、この頃からである。

（随筆「川と私」）

「御成橋」は靖、青春時代前期のランドマークだった。『夏草冬濤』の中にある次の一文は、靖の「狩野川観」を示すにとどまらず、「河川観」を示すものでもある。

しかし、洪作が狩野川を日本で有数の美しい川であると信じているのは、この沼津の町中を流れている狩野川のゆったりした姿態の美しさのためではなかった。御成橋の上に立って、上流の方に眼を遣る時、洪作にはいつも天城山《あまぎさん》に源を発している狩野川という川の、その長い一本の川筋が眼に浮かんで来るからであった。

現在の御成橋は昭和十二年六月竣工のもので、靖の歩いた橋そのものではないが、御成橋付近の狩野川の流れ、その豊かさ、穏やかさは当時のままである。

靖の人生の中には狩野川が基調音のように伏流し続けた。旧制高等学校時代には金沢を流れる犀川《さいがわ》に親しみ、九州大学の法文学部時代には筑後川に親しんだ。その後も国内外の多くの河川の河畔を歩き、時には源流部まで歩を進めた。

五　川への愛着と跋渉

井上靖の短篇作品に「川の話」がある。読み進めると、川の表情、川の貌、老いた川、若い川、個性、怒り、淋しさ、などの擬人的表現で様々な川を語っていることに気づく。川の流れの河口部と人生の晩年とを重ね、流路の過程と人の生き方の軌跡とを重ねている。その中で、信濃川・天竜川についての扱いが重いのであるが、テーマは、天竜川の自《おのず》からなる流路とそれを阻む佐久間ダムの問題である。作家が内在させる河川観・自然観と、近代文明の最先端たるダム工事現場での確執、現代人の背負うものを見ざるを得ない心のゆらぎが暗示される。

井上靖には右の短篇と同名の「川の話」という随筆があり、中に次の一文がある。

私は現在川そのものは、どんな美しい流れであろうと、そう感動しなくなっている。やはり川の傍に人間の生活があった時、その川が生き生きとして美しいものに感じられる。川の岸で洗濯している婦人たちを配した時、洛東江はふいに私には美しく感じられて来るのである。

井上靖は世界各地の大河や個性豊かな川の河畔を歩き、流れと流域の人びとの暮らしや文化に眼を凝らし、耳を傾けた。井上靖の「川」に対する認識には独自のものがある。その総体は日本の川だけを見ていてもわからない。例えば次のように述べている。

川というのはおもしろいです。シベリアの川など全部つながっておりますし、蒙古高原から出た川はバイカル湖へ入るし、バイカル湖から流れ出すアンガラ川はエニセー川に入って、北氷洋へ入ります。川の地図というのは非常におもしろいんです。

（井上靖『わが文学の軌跡』聞き手：篠田一士・辻邦雄）

この部分は篠田の問いかけに対する答えの中にある。『わが一期一会』(毎日新聞社・一九七五年)という随筆集の「シルク・ロード」の中にも「川の話」があり、次の部分がある。

言うまでもないことであるが、普通の川と異なって、沙漠の川は天山やパミール高原から流れ出している時は水量も豊かで、若々しい表情をしているが、流れ流れて行くに従って、沙漠の土や天日に水を吸いとられて、次第に老いて痩せ細って行く。沙漠の川の多くは沙漠の中に消える運命を持っている。

この沙漠の川やその水脈の宿命が、井上作品の「楼蘭」や「洪水」と深くかかわっているのである。散文詩「インダス河」(『地中海』一九六二年)、「黄河」(『運河』一九六七年)にも、大河の本質と、人とそのいとなみとのかかわりの深層が汲みあげられている。中国の黄河・揚子江・珠江、韓国の洛東江・漢江、インドネシアのソロ河、さらに広くはインダス川・ユーフラテス川・ナイル川・カブール川と名だたる大河の河畔に立つ。そして、心を寄せ続けた西域の川、ニヤ河・ハルメラン河・チャルクリム河・タリム河・クチャ河・ヤルカンド河、乾河道にまで足を運んでいる。そうした中での感懐や共感を温め、人と自然のかかわりについての思索を深め続けた。それらは様々な作品の中に反映され、作家の人生を豊かにするに大きく資するものとなった。この超人的な行動の起動の奥深いところに「狩野川」が伏流していたことは論を俟たない。

Ⅱ

井上靖の射光——ある読者の受容

昭和四十四年のことだったと思う。私が静岡県立焼津中央高等学校の教員をしていた時に使った『現代国語』の教科書に、井上靖の短篇「川の話」が収められていた。やわらかく美しい文章で、人生について考えさせられるものだった。しかし、この一文を以って井上靖を通過してしまってはいけないという思いが強かった。私は迷うことなく「西域《せいいき》もの」の中から二点を選んだ。一つは「楼蘭《ろうらん》」である。朗読とプリントで授業を構成した。楼蘭の人びとが住みなれた城邑《じょうゆう》に別れを告げ、南方彼方の鄯善《ぜんぜん》へ出発する日のことだ。最後の部隊が城門を離れて半刻ほどした時、行進の列から三人の男が別々に隊列を離れておのおの全く別の行動をとる場面がある。この部分を印刷しておのおのの男たちの心理を推察させた。また、楼蘭から鄯善に移住してから二十年後、水利の管理をする七十歳の老人が、たった一人で楼蘭にもどる場面がある。この作品の中で、老人の楼蘭回帰が果たしている意味についても考えさせた。「さまよえる湖」であるロブ湖のこと、楼蘭の遺跡を発見したヘディンのことも話したが、匈奴《きょうど》と漢という二つの強い力の間にある西域の小さな国々の在り方・運命についても、『風濤《ふうとう》』と並べながら語った記憶がある。この主題は今日なお重い意味を持つ。

いま一つは小説「漆胡樽《しっこそん》」だった。井上靖自身の漆胡樽に対する思い入れは深かった。靖はこれを小説にしたばかりではなく、詩にも「漆胡樽」がある。さらに、『美しきものとの出会い』（文藝春秋社・一九七三年）という随筆集の中にも「漆胡樽と破損仏」という一文がある。正倉院御物公開の第一回が開かれたのは昭和二十一年のことだった。靖はそこに展示された漆胡樽を会期中にたびたび観察している。随筆の中には、博物館で展示物に添えられた解説が書きとめられている。「漆胡樽　一隻　長三尺三寸（中倉）　牛角ヲソノママ拡大シタ如キ異様ナ形ヲシテオリ、木地ニ布張リシ黒漆ヲカケ、鉄製焼漆塗ノ鉤鐶ガ取リツケテアル。上部ニ口ガ開キ、ナニカ液体様ノモノヲミタシタ容器ト思ワレル。思ウニ胡トハ中国ヨリ西方ノ意デアッテ、外来ノ器具ト言ウワケデアロウ」。

前述したように、詩集『北国』（東京創元社、一九五八年）の中に「漆胡樽―正倉院御物展を観て―」がある。

星と月以外、何物をも持たぬ沙漠の夜、そこを大河のように移動してゆく民族の集団があった。（中略）絡繹とつづく駱駝たちの背には、それぞれ水をいっぱい堪えた黒漆角型の巨大な器物が、振り分けに架けられてあった。名はなかった。なぜならそれは生活の器具というより、まさに生活そのものであったから。――漆胡樽、後代の人は斯く名付けたが、かかる民族学的な、いわば一個の符牒より他に、いかなる命名もあり得なかったのだ。

小説「漆胡樽」は、日本の正倉院で奥深く収蔵され守られてきた異国の容器の物語である。西域の民の民具が数奇な運命によって様々な人びとにめぐり逢う。様々な眼ざしを受け、思いもかけぬ扱いを受ける。長い年月の間に思いも及ばぬ広域の旅を続ける。沙漠地帯で生まれた容器が海を渡る。

読者は、井上靖が紡ぎ出す骨格のある物語性と真実性を醸す構成素材、イマジネーションのふくらみに牽引され、漆胡樽とともに長く広い時空の旅をすることになる。「漆胡樽」は、モノ・民具が主人公である。モノを主人公とした作品としては「玉碗記《ぎょくわんき》」もあるのだが、物語性、翼の広がりにおいて「漆胡樽」の方が大きい。森鷗外の『渋江抽斎』『井沢蘭軒』、松本清張の「或る「小倉日記」伝」などには事実を探索し、それをつないでたどってゆくおもしろさがあるのだが、この作品には作家の、モノを基点とした仮構、その大きな飛翔の軌跡をたどってゆくおもしろさがある。モノに引かれて長い時間と広い空間をたどる醍醐味がある。

私は高校生とともに「漆胡樽」を読んだ。私と、生徒三人がリレー式に作品を読み継いだ。物語は若者たちの柔かい感性によって受けとめられ、彼らの心に染み込んだ。予想以上に好評だった。重々しい声でゆっくりと朗読した体格のよい男子生徒に「漆胡樽」という渾名《あだな》がついた。

それにしても井上靖の西域地方にかかわる地理、小国群の興亡、西域史、中国史の知識は該博である。史、資料の学びにかかわる努力は量《はか》りがたい。

学生のころから『法顕伝』『大唐西域記』『蒙古高原横断記』、松岡譲の『敦煌物語』などを読みこみ、西域の城邑や沙漠を豊かなイマジネーションでふくらませていったのだという。「空に一鳥なく地に一走獣なし」「人骨獣骨の類を以て行路の標識となすのみ」という法顕の表記などは、作家の沙漠、西域のイメージ形成に強い影響を与えた。作家は『敦煌』も「楼蘭」も現地を踏むことなく作品を書いているのだという（「限りなき西域への夢」『シルクロード行 上』井上靖歴史紀行文集2・岩波書店・一九九二年）。

詩集『北国』に収められている「流星」という詩に以下のようにある。

高等学校の学生のころ、日本海の砂丘の上で、ひとりマントに身を包み、仰向けに横たわって、星の流れるのを見たことがある。十一月の凍った星座から、一条の青光をひらめかし忽《こつ》焉《えん》とかき消えた星の孤独な所行ほど、強く私の青春の魂をゆり動かしたものはなかった。

この詩もまた、作家の、西域の沙漠のイメージ形成に影響を与えている。

「桑原隲蔵先生と私」（『歴史小説の周囲』講談社・一九七三年）という一文がある。桑原隲蔵は東洋史の碩学で、京都大学教授。作家は「桑原先生」の著作や、そのゆかりの人びとから中国および西域に関する学びの示唆を受け、学びを深めていたのである。

私が井上作品を高校生に紹介するに際して二点とも「西域もの」を選んだのは、作家の山並みに参入するのに、「自伝風小説」に次いで、私自身が「西域もの」に強く惹かれるところがあったからである。私が高校に入学したのは昭和二十七年のことで、そのころ、「漢文」は選択科目だった。大学卒業後は高校の国語科の教師になろうと思っていた私には、漢文が読めないようではまずいだろうという思いがあった。それまで馴染みのなかった中国古典に近づくようになった。『詩経』国風の強い文学性には驚いた。孔子や孟子の対極にある老荘思想にも心を開かれた。そうした中で、漢詩・漢文に散見する、「紫髯緑眼胡人」「胡旋」「胡姫」といった表現が気になるようになった。赤い髯、青い眼の胡人の風貌はアーリアン系人種の描写である。

そのころ私の通っていた大学には『長安の春』の著者で、後に『東亜文化史叢考』（東洋文庫・一九七三年）を著された石田幹之助先生が東洋史の専任教授をしておられた。学部四年の年、専攻外ではあったが石田先生の「東洋史演習」への参加を許された。受講者は三人で、年間の主題は「中国周辺民族」だった。演習は先生の研究室で行われた。太い黒縁の眼鏡をかけた先生はいつも和服姿で静かに話された。ツングース系・モンゴル系・アーリアン系の人びと、それらが斑をなし、時に混淆して中国周辺に分布する。漢名呼称など多様であり、詳細は複雑で、消化できたとは言い難い。しかし、こうした学びをしていたので井上靖の「西域もの」にはとりわけ親しみを感じた。そこでは、描かれた西域の人びとがみな生動していた。

高校の教室で「漆胡樽」を読んだ年、瀟灑な装幀の新潮社版「井上靖文庫」(一九六〇〜六九年)を購い、それを片端から読み進めた。『天平の甍』も『風林火山』も『淀どの日記』もこの時に読んだ。その後、民俗学の学びの旅に集中するようになって井上作品からやや距離ができるようになった。しかし、フィールドワークに明け暮れるようになっても、井上作品に導かれたり、刺激を受けることが再三あった。もとより文学的なものもあるが、極めて変則的ではあるが民俗学的に引き込まれたり、民俗の側に寄せてしまうこともあった。

私の初期の著作に『庶民列伝——民俗の心をもとめて』(初版・静岡県出版文化会・一九八〇年、復刊・白水社・二〇〇〇年)がある。復刊では省略したが、初版には「ミニ民俗誌」というコラムを設けており、そのコラムの一つに「ある砂糖繰り轆轤《ろくろ》」という一文を入れていた。それは以下の通りである。

昭和五十四年五月。静岡市葵区足久保口組の根本繁夫さん所有の田圃から、砂糖繰りの木製轆轤装置が掘り出された。私は以前、静岡市清水区三保で砂糖繰り轆轤の石臼を見ていたので、その日、田辺久之氏の案内で足久保におもむき、総樫製の轆轤を見て驚いた。

径約五十センチ、高さ四十五センチほどの樫臼で、歯車の部分にも樫の角材が輻射状には

写真㊼　静岡市葵区足久保口組、根本家の水田に埋められていた砂糖繰り轆轤（右）と砂糖釜（左）

写真㊽　砂糖繰り轆轤の部分拡大

めこまれているし、実際に砂糖キビを繰る部分は磨滅しやすいので、そこにも樫の角材が象嵌細工のように嵌《は》めこまれていた。中心をなす臼の芯は嵌めこまれたものではない。一本の太い樫の木の幹を削り込んで臼と続きで芯棒をとったものだった。

本来は、三保の場合と同様、臼が三つあって、二か所で砂糖を繰ったものと思われるが、足久保で掘りだしたものは二個である。足久保の人々の話によると、三つの臼を木枠でかこみ、芯と芯の間に角材を入れ、矢を打って臼のゆるみを調節したという。

この樫製砂糖繰りの運命は、まことに数奇なものだった。伝承によると、この砂糖繰りは足久保口組の広域にわたって、共同で使用されていたものだという。維新後、砂糖づくりが自由になり、人々は甘味料を得るために部落共同で砂糖を作り始めた。

ところが、明治末年、比較的砂糖が入手しやすくなっ

図①　3つの臼を使った砂糖繰りの復元図

た時点で製造を中止し、轆轤一式を水田に埋めて保存することを考えた。しかし、大正二年、安倍川が氾濫し、臼を埋めておいた湿田に土砂がはいってそこは湿田ではなくなってしまった。そこで、これでは轆轤が腐ってしまうというわけで、神明原の水田へ移したのだった。

大正二年から昭和二十一年まで、樫の砂糖繰り臼は三十余年間田圃の湿土の中で眠り続けた。

終戦後、未曾有の食糧難時代、サッカリンなどの人口甘味料すら入手することは容易でなかった。そこで、人々は、自分たちがかつて水田の下へ埋めた砂糖繰り轆轤のことを思い出した。部落の人々はそれを掘り出し、修理して、ふたたび砂糖繰りを始めた。

牛は、今まで地下に眠っていた臼を静かに静かに挽き続けた。臼は、戦後の数年間働き、また水田の底に埋められた。人々は「木の道具は水の多い湿地に埋めておけば腐らない」という生活の知恵を語り伝え、実行してきたのだった。戦後、埋められてから、また、三十年、砂糖繰り轆轤は地下で眠った。

ところが、このほど、轆轤の眠っている根本さんの田圃が静岡県土地供給公社の宅地造成地区にかかってしまった。この地に轆轤が埋められていることを知っている人々は、このままでは、祖先がたいせつに使った轆轤が永久に土中に埋没してしまうと考えて、掘り出すことになったのだった。

私がこの轆轤を見たのは昭和五十四年五月九日のことだった。轆轤は初夏の陽ざしに曝され、木目を露《あらわ》にしていた。井上靖の小説に『漆胡樽』という作品がある。正倉院の御物展に展示されている大陸伝来の胡族の水筒が、どのような運命をたどって現在眼前に存在するのか、という物の流転と運命のドラマを描いたものだ。私は、足久保の轆轤を見ながら、この小説を思い出していた。

物と人とのかかわりには、たしかにドラマがある。今、ここに曝されている轆轤は、これからどうなってゆくことだろう。このまま足久保の農家の物置きの中で眠るのか、あるいはどこかの博物館に展示され人びとの眼をひき続けるのか……。

それにしても、この装置を作ったのは、どんな職人だったのだろう。たぶん荷車や水車を作る車職が腕をふるったにちがいあるまい。

わが国には実にさまざまな道具があり、機械があった。そして、それらの多くは近代化の波に押し流されてその姿を消していった。それはまた、職人や職業集団の消滅でもあった。

漆胡樽の壮大なドラマに比べれば足久保口組の砂糖繰り轆轤のドラマは小さいものかも知れない。しかし、この時、私は「漆胡樽」の刺激を反芻し、モノと人、民具と人の関係、モノの旅などに耳目を凝らさなければならないと思った。

その後、『上野市史 民俗編』の調査のために、平成十一年六月二十八日、三重県上野市（現伊賀市）岩倉の田中志かゑさん（大正六年生まれ）方の土蔵整理に立ち会ったことがあった。田中家の土蔵の中には志かゑさんの実家である河元家の道具も収蔵されていた。中に膳箱が二箱あり、その一つに「黒膳廿人前・明治二十三年三月二日・河元志加蔵所持」と墨書されていた。いま一つの箱には、「天保六未歳・日光膳弐拾人・小林勇佐郎」と記されていた。河元家では黒膳二十人前と日光膳二十人前を所有していたのであるが、日光膳二十人前は、小林家から中古品として譲り受けたものであることがわかる。小林家が日光膳を手放した理由はわからない。膳椀は貴重な家財であり、新品を揃えられるとは限らなかった。貴重な膳椀を手ばなさなければならない家には様々な事情があったにちがいない。

膳椀がステータスシンボルだった時代もある。大正から昭和初期にかけては、能登輪島のセールスマンによって、全国各地で「膳椀講」「輪島講」などという経済的講が進められ、膳椀が普及してゆく現象が見られた。しかし、高度経済成長や生活様式の変化によって家を会場として行われていた冠婚葬祭・人生儀礼の外部化が進んだ。それにつれて、苦労して揃えた膳椀は全く顧みられなくなり、イエイエの蔵の中で眠り続けることになった（野本寛一「木地師の終焉と膳椀の行方」『近代の記憶――民俗の変容と消滅』七月社・二〇一九年）。河元家が小林家から譲り受けた日光膳も、生活様式の変容の中でその使命を終えたと言ってもよかろう。

私が、幼少年期を過した農家にも、様々な民具・家具があった。斗枡《とます》・唐箕《とうみ》・大型算盤・座机などの隅や裏側に和暦の年月日を記し、購入者である戸主、野本喜一郎・野本喜左衛門などの名を記し、末尾に「求之」と墨書してあったことを憶えている。道具を大切にし、代々守り継がなければならないといった心意が示されている。使い捨てが当たり前となり、マイクロプラスチックが海洋を汚染し、古物が山なしその行き場もない現今、省察すべきことが多い。器物の精、器物の妖怪「付喪神《つくもがみ》」は、器物を粗末に扱い、器物を使い捨てにする現代にこそ出現して然るべき妖怪なのかも知れない。

「漆胡樽」の刺激は民俗を学ぶ者にとって「民具の移動」「民具と人のかかわり」などとは別の形で突然頭を持ちあげてくることがあった。一つの峠を多くの人びとが越えた。どんな人間が、何の目的で、どんな思いを抱きながら越えていったのかを記録してみたいと思った。より多くの人びとから峠越えの聞きとりができれば、生活史・民俗史として、また人のドラマとしてふくらみがでることはわかっていてもそれは至難のわざである。それでも心がけている間に事例はたまるものである。

長野県飯田市南信濃八重河内《やえごうち》と静岡県浜松市天竜区水窪《みさくぼ》町との境界をなす峠に標高一〇八二メートルの青崩《あおくずれ》峠がある。もとより嶮岨な山道で、人と駄馬は通れるが、荷車は通れない。徒《か》ち越え時代の話である。

鈴木きんゑさん（明治三十三年生まれ）は、嫁入り（信州→遠州）、里帰り（遠州→信州）で青崩峠を越えた。「里帰りの折峠に立つと信州の風が吹く」と語っていた。修学旅行で信州遠山の和田から遠州佐久間の王子製紙に行った中島勝雄さん（明治三十年生まれ）は、修学旅行のほかに成人記念に友人と遠州の秋葉山本宮参りに出かけた。さらに、大正六年、豊橋第六連隊に入隊する際にも青崩峠を越えた。除隊に際しても、除隊後水窪町小畑の飯田館製糸で働くためにも、また青崩峠を越えた。

水窪町針間野《はりまの》の林以ちゑさん（明治三十八年生まれ）は長野県飯田市の日の丸製糸で働くために十三歳の初夏に青崩峠を越えた。水窪町本町の鳥居誠一さん（明治四十年生まれ）は母の里帰りについて青崩峠を越えた。途中、母とともに賽《さい》の河原と峠の地蔵様にお参りをした。この他、茶摘みの賃取りのために信州から遠州に向かって多くの女性たちが青崩峠を越えた。「カズタクリ」と称する楮《こうぞ》（和紙漉きの原料）の皮剝きの賃取りにも信州側から遠州側へ人が動いた。青崩峠を挟んで婚姻関係を結ぶイエイエでは、遠山谷の霜月祭り、水窪の西浦田楽の日には相互に招待し合った。

木曾御嶽の「百草《ひやくそう》」は名高いが、百草づくりを業とする岐阜県大野郡高根村小日和田の中田福松さん（明治四十四年生まれ）は青崩峠を越えて水窪に入った。五年間水窪の山に住みついて百草の原料である黄蘗《きはだ》の木を伐り、皮を剝き、それを煮つめて百草を製造した。この他、木曾馬を使って荷駄を運ぶ多くの馬子たちも青崩峠を越えた。青崩峠の遠州側に辰野戸《たつのど》という木地屋《きじや》のムラがあった。馬宿が一軒あったのだが、馬子たちの間では、「辰野戸の馬宿に泊まると馬が瘦せる」と言い伝えられていた。近くに熊が棲息しているからだという。越前の漆搔《うるしか》きや刃物売りもこの峠を越えたという（野本寛一『自然と共に生きる作法――水窪からの発信』静岡新聞社・二〇一二年）。


熊野地方を歩くについては、その誘引の一起点に井上靖の「補陀落渡海記《ふだらくとかいき》」があった。補陀落信仰は、補陀落山（インドの南海）、海の彼方にあるとされる観音浄土にかかわるものである。補陀落渡海とは、生きながら海彼の観音浄土を目ざすことだ。舞台は、熊野那智勝浦浜ノ宮、その前方の海である。「補陀落渡海記」は那智勝浦の補陀洛山寺にかかわる渡海上人の記録や伝承を素材とした井上靖の創作である。

金光坊《こんこうぼう》という住職が、六十一歳で渡海するという成り行きになるのだが、渡海を決めてから、海彼に送り出されるまでの、思索や心理が巧みな筆致で描かれてゆく。金光坊が寺に入ってから渡海に立ち合った祐信上人・正慶上人・日誉上人・梵鶏上人・清信上人・光林坊・善光坊などの身の上・人格・思想・生き方・心理状態などを想起して、已れと比較する。渡海上人は民衆から尊敬され、拝まれて船出をする立場にあるのだが、渡海船に作られた箱状の密閉空間に閉ざされた金光坊は人間の弱さを露呈する俗人として赤裸々に描かれる。補陀落信仰に材をとり、熊野という海浜環境・渡海船という装置の中で、人間の持つ一つの本質をみごとに焙り出した小説である。

ある状況設定の中で複数の人間の心理が抉られてゆくところは、芥川龍之介の「枯野抄」に通じる部分がある。

和歌山県東牟婁郡那智勝浦町浜ノ宮の天台宗白華山補陀洛山寺に参じ、渡海上人の墓に参ったのは昭和六十三年八月初旬のことだった。その折、寺の内部の腰板のような板に、やっとそれとわかるほどに蓮華、蓮葉が描かれていたように記憶している。その時、「補陀落渡海記」に登場する渡海船の、僧を覆う箱の内側に蓮華が描かれていたのではなかったかという思いがふと浮かんだ。作品の末尾に、生きながらの渡海という形態が廃絶された後について、次のように描かれている。「補陀落寺の住職が物故すると、その死体が同じく補陀落渡海と称せられて、浜ノ宮の海岸から流される習慣となった」——。住職の亡骸を渡海船に乗せて海彼に送る——この舟葬・水葬のような儀礼に際しても、箱の内側には蓮華が描かれていたのではないかと思われてならない。

那智の補陀洛山寺に参じた後、その年の八月十三日のことだったと思う。和歌山県東牟婁郡串本町の出雲《いつも》という海辺のムラを訪ねたその折に見た次のような情景が強く心に刻まれている。一人の老婆が一・三メートルほどの竹の先に松明《たいまつ》の束を刺したものを持って海辺に向かって歩いていた。老婆は渚に至ると松明に点火し、それを渚に立てて海彼に向かって長い祈りをささげていた。こうして盆の祖霊を迎える方法があったのだ。ここには補陀落信仰と通底するものがある。海辺における盆の祖霊の「迎え」と「送り」は旧暦にもとづくので、旧暦七月十五日を中心に行われてきたのである。旧暦の十五日は大潮で潮動が最も大きい。旧十三日の「迎え」はその日の上潮《あげしお》どき、祖霊の「送り」は旧十六日の引き潮どきに合わせて行われていたのである。

補陀落を目ざす渡海船の船出は右のような朔望月《さくぼうげつ》の潮動にもとづいて考えてみなければならない。補陀落渡海の渡海船が浜で送られ、渡海者が、供船や渡海船の船頭と別れ、たった一人で海彼へ送り出される地点が「綱切島《つなきりじま》」である。渡海船が戻ってくるようなことがあってはならない。してみると、綱切島での訣別、終《つい》の送りどきは、旧暦の大潮の日の引き潮どきでなければならないことになる。

熊野の海岸地帯には死者の霊を海彼に送るという信仰が点在する。和歌山県東牟婁郡串本町の上野一夫氏・神保圭志氏などはその形跡を探索している。例えば、和歌山県東牟婁郡串本町田並には次のような例がある。小字野洲《のうなぎ》の海岸に「念仏島」と呼ばれる岩島がある。人が死に、葬儀

写真㊾　念仏島での送り（和歌山県東牟婁郡串本町田並小字野湘、撮影：神保圭志）

が終わると葬家では死者のために藁笠《わらがさ》・草鞋《わらじ》・苞《つと》（食物入り）を作り、杖を用意する。そして、それらを持って念仏島に赴き、笠・草鞋・苞を結わえ通した杖を岩の亀裂や隙間に挿す。写真㊾は神保圭志氏が平成二十一年三月に撮影したもので、杖の数が送られた死者の数を示している。私が神保氏の御案内で念仏島に参じたのは平成三十一年四月のことだった。その折は辛うじて二本の杖を見ることができた。念仏島のほかにもこうした例が数箇所で見られたというが、この慣行も衰退の一途をたどっている。杖・笠・草鞋は旅仕度であり、死出の旅仕度、これは陸上の旅仕度である。しかし、念仏島は太平洋に面した海辺にある。ここには海彼の浄土が見据えられているのである。

伊良波盛男氏の「補陀落渡海の旅」（『海の宮』第十八号・冨山房インターナショナル・二〇二〇年）

によると、浦瀬為直という上人が弘安三年（一二八〇）十一月十六日に熊野那智勝浦を舟出して、翌十二月一日、現沖縄県宮古島市池間島の仲泊（仲間越）カンバマヌトゥガイ（神浜の崎／その後の地名かどうか）に漂着した。その浦瀬為直は上原山（嵩原山）のオハルス御嶽《うたき》の神として祀られたと説かれている。

補陀落信仰にかかわる聖地は那智の補陀洛山寺以外にも日光の二荒山《ふたらさん》（補陀落山）、鎌倉市材木座の補陀落寺がある。また、駿河の補陀洛山久能寺《くのうじ》は創建時には海彼を望む久能山山頂にあったという。牧之原市で駿河湾に注ぐ萩間川支流の白井川と蛭ケ谷川に囲繞された地に補陀山観音寺がある。こうした寺はまだ他にもある。補陀落信仰系の寺院の伝承や信仰環境については、今後地道な探索を続けなければならない。加えて、海彼浄土の信仰と常世信仰についても深耕してゆかなければならない。

写真60　妙法山の卍（和歌山県東牟婁郡那智勝浦町）

熊野というところは不思議なところである。海にかかわる補陀落信仰の拠点で、それとの水脈を持つ民俗儀礼を伝えながら、その同じ地に山中他界の信仰や伝承も生きているのである。熊野那智山塊の一角に妙法山（七四九メートル）がある。妙法山には阿弥陀寺があり、寺の下の海に向かう斜面には、鉄骨の上に鉄板を張ってそれを白く塗った巨大な卍が据えつけられている（写真⑩）。海上からもよく目につく。妙法山は長い間熊野漁民の山当て（舟位確定）の指標として使われてきており、巨大な白い卍は山当ての指標としての妙法山を象徴するものである。那智勝浦町の漁師、立木喜一さん（明治四十五年生まれ）も妙法山を山当てにして漁に励んだものだという。その立木さんが次のように語っていた。「ここでは人が死ぬとその人の髪の毛を持って妙法山に参るものだとされている。また、死んだ人の霊はみんな妙法山へ行く、と言われている」。

国会議員・自治大臣・近畿大学総長を務め、医師でもあった世耕政隆は熊野出身だった。世耕はまた、檀一雄・森敦らとともに文学活動をした詩人でもあり、佐藤春夫とも親交があった。その世耕に『樹影』（紀伊国屋書店・一九九三年）という詩集があり、中に「隠れ里」という詩がある。次のように始まる。

山人は指さした。――かの径の行きつくところに行け！　里あるらし　浄らかな気みつ
樹々にしずく滴り　四季めぐり花実熟るる　瑞雲ひろくおおうなり。すわこそ　浄土！
弥陀のいまに在わします処ぞ。さればかの地に行きつくに　ここより先　五穀をすべて絶つ

べし　と。山脈むらさきに折り重なる向うがわに　在るという　里。しかし　誰ひとりそこにいたり見いだした者は　いまだに無い。

ここには「海彼浄土」に対して「山中浄土」が描かれている。世耕家は和歌山県の田辺市熊野川町に発している。熊野は、熊野修験の地である。世耕政隆の中には熊野の地の様々な伝承が流入していたことが考えられる。「穀断ち」は井上靖の短篇「考える人」や随筆「木乃伊考」（『歴史小説の周囲』講談社・一九七三年）にも見える。

井上靖に「小磐梯《こばんだい》」という作品がある。小磐梯とは、明治二十一年七月十五日の磐梯山大噴火によって崩壊、消滅してしまった山のことである。人の力では如何ともし難い自然災害と、それに呑み込まれて消えてゆく人びとやムラムラの運命を、噴火によって跡形もなく消えた小磐梯によって象徴させているのである。

主人公の「私」は福島県小田附村にあった耶麻《やま》郡郡役所付の測量士で、七月十三日から配下の留吉・金次とともに、管内の「地押《じおし》調査」に出る。十三日は、その後、噴火の影響で檜原《ひばら》湖の湖底に沈んだ米沢街道沿いの檜原の宿に泊まる。十四日から十五日にかけて管内の細野・大沢・秋元の調査予定にそって行動する。十四日からは現地の担当者も三名加わる。十四日からは軽震・

微震にくり返し襲われる。道中、夥しい数の蟇《ひきがえる》が集団移動してゆくのに遭遇する。たびたび蛇が道を横切るのにも会う。山鳴りもする。泉鏡花の「高野聖」天生峠《あもうとうげ》越えの場面を思わせる。大沢では井戸水が涸れる。磐梯の上の湯では湧湯量が激減し、中の湯では湯が異常に高温化する。移動してゆくと山鳩と雉が騒ぐ。途中、心中に追いつめられてゆく男女、磐梯南に赴く男にも会う。大沢の宿では住民の不安を身を以って知る。

十五日、噴火の寸前、秋元の子どもたちが台地の上に上がって「ブン抜ゲンダラ、ブン抜ゲロ」とくり返し声をそろえて大声で叫ぶ。噴火のことを「山抜け」というのである。その叫びが終わるか終わらないかのうちに大音響とともに磐梯噴火が起こる。北斜面を岩石と砂の巨大な流れが駆け下り、山麓の林を呑み込んでゆく。「私」は無我夢中で秋元部落の北側の高地に逃れて九死に一生を得る。ムラも民家もムラびとたちも、地押調査の仲間も、そして心中志願の若い男女も、さらには無垢な子供たちも噴火の土石流はすべてを呑み込んで、すべてを消し去った。

自然の大災害のもとでは個人も共同体も、それらの意志も心情も理不尽に抹殺されてしまうという人間存在の宿命は、井上作品の「洪水」にも見られる。「ブン抜ゲンダラ、ブン抜ゲロ」という子供たちの絶叫は、「魂呼ばい」や「神隠し呼ばい」を思わせる。さらに類似の伝承を調査してみる必要がある。

火山噴火や津波は、台風や大雪のように循環的、季節的に起こるものではないのでこれらの予兆伝承の集積は決して豊富ではない。ところが「小磐梯」にはその予兆伝承がたくさん、効果的に配列されており、不気味な世界に吸い込まれていくような不安感が醸される。作家の取材力や、強記・豊かなイマジネーションによるものであろう。井戸水の涸渇・温泉量の増減・温泉温度の異常高温化・蟇の集団移動・蛇の大量移動・雉子や鳩の鳴騒・微震の反復・山鳴りの反復などがあげられている。これらはそのまま火山噴火の民俗調査、予兆伝承調査の項目になる。

右の作品に出てきた檜原・細野・大沢・秋元などは現北塩原村に含まれる。その『北塩原村史通史編』（北塩原村・二〇〇七年）の「一八八八年噴火の概要・1」「噴火の前兆現象」の項を見ると、十四日に上ノ湯の量が少し減ったこと、七月八日から軽震が始まったこと、猪苗代町の聞きとりとして、「鳥があまり鳴かなかったが十五日の朝は大変に鳴いた」「うさぎが十三、十四日より東吾妻山のほうへ逃げた」などとあるが、予兆伝承は決して詳細だとは言えない。火山噴火の記録や伝承は、ガス噴出・熔岩流・火山降灰・余震など、結果については比較的詳細なものがあるが、予兆伝承はどこも比較的少ない。

地震や津波についても同様である。その中で、地震については、「地震と鯰」「地震と雉子」が広く語られるところであるが、その他の例は多いとは言えない。私は地震を中心に次のような例を聞いたことがある。

㋐地震や洪水が起こる前には蛇・蛙・鼠などの小動物がこぞって山に登る（静岡県浜松市天竜区水窪町小俣出身・三輪功平さん・昭和七年生まれ）。

㋑地震・津波の前には昆虫・蛙・鼠・蛇などの小動物が上へ上へと逃げるものだ（三重県度会《わたらい》郡大紀町錦高倉町・中瀬古兵衛さん・昭和十七年生まれ）。

「小磐梯」の主人公が磐梯大噴火に遭ったのも、命拾いをしたのも、福島県耶麻郡北塩原村檜原秋元においてのことになっている。私は平成十九年から二十年にかけて、北塩原村檜原早稲沢《わせざわ》に住む大竹繁さん（大正六年生まれ）のもとに通い、木地屋の仕事の総体や、木地の仕事が終焉を迎えてからの農業の変転について詳しく学んだことがあった（野本寛一「木地のムラの変容と軌跡」『個人誌」と民俗学』岩田書院・二〇一三年）。大竹さんは尋常小学校三年までを檜原小学校早稲沢分校で過ごし、四年生からは本校の檜原小学校へ通った。本校へは檜原湖の湖岸道路を歩くと一時間二〇分かかった。ところが一月中旬から三月下旬までは檜原湖が凍結するので、氷上を直進すると五〇分で学校についた。その氷上の通学路には柳の枝を立ててしるしとしていた。檜原湖は磐梯山噴火による湛水によってできたもので、「小磐梯」の主人公「私」が明治二十一年七月十三日に泊まった檜原宿は今も湖底に眠っている。旧檜原の鎮守は大山祇《おおやまつみ》神社で、それは今でも湖岸に鎮座する。沈んだ檜原の宿から大山祇神社までは坂を登って参拝するようになっていた。そ

写真61　氷結し、雪に埋もれる檜原湖。大山祇神社の鳥居が見える（福島県耶麻郡北塩原村）

の参道には杉の巨樹が並んでおり、今でも湖岸の鳥居の前の水の中には巨杉の根方が残骸を露にして参道の跡を示している（写真62 63）。因みに、この檜原本村の戸数は五十一戸、人口二九七人。細野での農作業に出かけていた家では子供を含む十人が噴火の犠牲になった。噴出降下した土砂によって堰止湖としての檜原湖が形成され、檜原本村五十二戸は居住不能となり、段状地である二キロ西の現在地に集団移住したのである。

大竹さんは、「小磐梯」の主人公「私」が大噴火に遭った地、秋元とかかわりのある人である。大竹さんは秋元のことを「秋元原」と呼んでいた。秋元原は早稲沢の南約十二キロに位置する。噴火時の秋元原の戸数は十二戸、人口七十九人、被害戸数十二戸、死者六十七人という惨憺たる

写真㊷㊸　磐梯山大噴火によってできた檜原湖。大山祇神社参道の跡、杉並木の残骸。旧檜原は湖底に沈んだ（同右）

ものだった。

大竹家はその秋元原にあったのだが、大噴火によって家が絶える状態になってしまった。秋元原の大竹家に生まれたみえは、早稲沢の木地屋佐藤登七家に嫁いでいた。みえの祖母わきは磐梯大噴火の日には孫のみえの嫁いだ早稲沢の佐藤家に来ていたので命拾いをした。秋元原の大竹家は新潟県の出身の士族大竹新左衛門がこの地に開拓に入って創始した家だった。栄次は佐藤家の長男だったが秋元原の大竹家の名を継ぎ、早稲沢で一家を構えることになった。繁さんは大竹栄次の長男で、尋常小学校を終えるとまず木地屋の仕事の見習いから始めて一人前になった。後に農業に転じたのだった。

繁さんは、昭和十二年五月、喜多方で徴兵検査を受ける。第一乙種合格。昭和十三年五月五日第一回召集、重機関銃隊の兵士として中国武昌・長沙を転戦。第二回召集昭和十六年十月。ガダルカナル・フィリピン・マレー半島・ビルマなどを転戦、昭和二十一年五月十日帰還。二十一歳から三十歳までの九年間、若い盛りを兵役で過ごしたことになる。平和な現今ではとても考えられないことである。

平成二十三年三月十一日、東日本大震災。地震・津波、それに連動して福島原発事故が発生した。早稲沢は津波の心配はないものの、同じ県内の原発事故の衝撃は大きい。裏磐梯が明治二十一年の磐梯山大噴火で深傷を負っていたことも思われ、大竹さんに寸楮を以って地震のお見舞を申しあげたところ次のような御返事をいただいた。三月二十九日付である。

拝復　此の度の東北関東大震災について御丁寧なる御見舞状をいただき誠にありがとうございました。原発事故については御推察の通りでありますが、風評被害については想像以上かと感じられます。当地の震度は「六」でしたが私としては初めての経験であり大変驚きました。大きな被害も受けませんでしたので御安心の程を御願い申しあげます。国を挙げて復興には大変だと感じて居りますが、私は原発事故が収まらない限り「会津地方でも」水稲を初め総ての農畜産物の生産出荷が「福島県産」のレッテルで統一されるのを心配して居ります。檜原湖はまだ氷の下に眠って居ります。積雪も一米近くありますが、もう四月も近く寒さは一日毎に去るものと期待して居ります。本当に御多忙の中御見舞をいただき誠に有難う御座いました。厚く御礼申し上げます　敬具

大竹翁が心を痛めた風評被害は今なお払拭されてはいない。私の中では小説「小磐梯」と、大竹繁さんの語りと人生が深く結びついている。「小磐梯」は昭和三十七年、放送劇「火の山」として劇化され、イタリアのラジオ・テレビ国際賞のグランプリを獲得している。

井上靖は川を愛し、川を見つめた作家である。数えきれないほどの川の岸辺に立ち、その水流を眺め、川音に耳を澄まし、流域の人びとと暮らしを観察し、思索を深めた。

作家の見た河川の数に比べれば、私の見た川は数少ない。世界の川はほとんど見ていないと言ってもよい。しかし、川に関する関心は継承するところがあった。『大井川——その風土と文化』

（静岡新聞社・一九七九年）、『人と自然と――四万十川民俗誌』（雄山閣出版・一九九九年）の二冊は「川」の名を冠した民俗誌である。天竜川については『静岡県史 民俗編』にかかわる調査、柳田國男記念伊那民俗研究所に籍を置いた時代の調査で、静岡県側、長野県側ともに支流を含めてよく歩き、よく学んだ。他に『山地母源論2――マスの溯上を追って』（岩田書院・二〇〇九年）、『民俗誌・海山の間』（岩田書院・二〇一七年）で、サクラマス・サツキマス・サケの溯上にかかわる民俗を追って、山形県の赤川・最上川、秋田県の雄物川、岩手県の北上川、岐阜県の長良川、徳島県の那賀川、和歌山県の熊野川、岐阜県・富山県の神通川、広島県・島根県の江の川、栃木県・茨城県の那珂川、福島県の只見川などの流域を歩いた。

私は幼少年期に静岡県牧之原市を流れる萩間川と静岡県藤枝市を流れる瀬戸川支流の朝比奈川とかかわりを持ったのであるが、井上靖の狩野川とのかかわりの深さには遠く及ばない。朝比奈川の上流部は狩野川上流部に似て、流れは清冽である。夜、河鹿《かじか》の鳴き声が、美しくはあるがやかましいほどに聞こえた。もう一度、この大きくはないが河畔の人びとの暮らしに結びついていた二つの川筋をゆっくり歩いてみたいと思う。

出版社やそこで出している雑誌を主催とする文芸講演会が盛んに行われた時代があった。昭和三十七年十月、私は名古屋市で開かれたその種の講演会で井上靖と幸田文の並立講演を聞いたことがあった。その講演会の折、靖は父隼雄について語った。靖と父との関係や、靖の父への思いの一端は「私の自己形成史」の中にも綴られているのだが、その日はそこには書かれていないことに言及された。それはおよそ次のようなことだった。

――父が生きている間は「自分の死」について真剣に考えることはなかった。それは死と自分の間に父が存在してくれていたからである。しかし、父を喪ってからは自分が死と直接向き合わなければならなくなった。「死と直接向き合う」という言葉が心に残った。隼雄の逝去は昭和三十四年五月十日である。「父の存在」ということについても考えさせられた。幸田文の話は父幸田露伴の年譜についてのものだった。作家の家族には、作家の年譜の行間に、その年譜の各行の周辺にある細かい出来ごとが見える。おのおのに思いがあるものだ、という主旨の話だった。

文学作品はそれ自体で独立したものである。しかし、厖大な作品を産み出した井上靖の年譜の行間に滲むものを掬いあげておくことも、人間井上靖を深く知るためには有益であろう。

井上靖を育んだ母性の環境には作家自身も記す通りたしかに特色がある。靖は幼少年期に血のつながりのないおかのお婆さんとともに井上家の土蔵で暮らすのだが、その至近にある母屋には実の祖母がいる。そして実母は遠く離れた都市に住んでいた。靖はおかのお婆さんと自分の関係を「同盟関係」という乾いた表現を以って整理したが、その底には言うまでもなく自《おの》ずからなる愛もあった。実の祖母は、作品中でもたびたび描かれている通り、種々の人間関係における不都合の要因をいつも自分に求めるような、穏やかで、おおらかな愛を持った人である。おかのお婆さんと靖の関係についても、いつもやわらかく包み込んでいた。加うるに、離れてはいるが、靖を深く慈しむ実母がいる。血の濃さから言えば母性の三重構造は外が最も濃いことになる。靖に母性の欠如はなかった。この特殊な母性構造がイエ・ムラ、隣保、自然環境と相俟って井上靖の飛翔の翼と持続的な思索力、想像力、実践力の基礎を培ったのだと考えることもできよう。

追い書き

「井上靖の原郷――伏流する民俗世界」――その探索の中心は作家の幼少年期であり、場は天城山北麓のムラである。しかし、井上文学を生み出した作家の人間形成を追ってゆくとすれば、中学時代を過ごした沼津も、旧制高校の日々を送った金沢も極めて重要になる。作家自身もたびたび書いているように、四高時代の金沢では、北の風土の中に身を置くとともに、禁欲的に柔道に集中したという。そのことの意味は重い。もとより、思索と探索の時代でもあった。沼津から金沢にかけての時代も文学への関心は伏流する。柔道の禁欲的な鍛錬で培った強靱な持久力と体力は、遅咲きにして、休むことなく文学活動を継続し、巨大な山脈・山塊を形成する一つの基となった。晩年まで続いた二十回以上の中国旅行、中央アジア・ヨーロッパ諸国への旅、山河探索、この長大な旅もまた体力がなければできない。四高で柔道に喰らいついた活力の淵源は天城山麓の山河跋渉の少年の日々に発している。

本文中で「籠り」についてふれたのであるが、旧制四高の金沢時代もある意味では「籠り」の時代だと言えるかも知れない。大学を卒業するまでの時間も長かった。人には模索と熟成の時間が必要である。並みはずれた山脈を構築するためには、それなりの沈思・準備・蓄積を必要としたのである。総じて現代社会は性急に過ぎる。

森話社という書肆から『自然災害と民俗』という書物を出していただいた。その編集を担当して下さったのが後に七月社を立ちあげた西村篤氏だった。西村氏と『自然災害と民俗』にかかわる打ち合わせをしていた折、どういうわけか話が井上靖の作品に及び、井上靖論になった。その後、まことに過分なことではあるが、井上靖記念文化財団が年に一度刊行している機関誌『伝書鳩』に、「井上靖の原郷――伏流する民俗世界」を連載させていただけるというお話を西村氏からいただいた。若き日に多くの作品から感動と高揚感をいただき、その後も様々な刺激を受けてきた仰望する作家――その井上靖の原郷について、門外で、わずかな民俗の旅をしてきた私が、晩年に至ってこのような場を与えられたことはまさに僥倖というほかはない。文学と民俗学は当然のことながら範疇を異にするものであることは承知しているものの、節制を欠いて妙な割り込みをしたり、民俗の側に寄りすぎたりした箇所も少なくない。御寛如を願いたい。

貴重な機関誌の紙幅を割いて下さった井上靖記念文化財団の井上修一先生には心から感謝申し

あげる次第である。また、七月社を立ちあげてから『近代の記憶——民俗の変容と消滅』を刊行して下さり、このほどまた『井上靖の原郷——伏流する民俗世界』を丁寧に編んで世に送って下さった西村篤氏に感謝の誠をささげて筆を擱く。

令和二年七月一日

野本寛一

［初出］

「Ⅰ　井上靖の原郷——伏流する民俗世界」

『伝書鳩』十四号（二〇一三年十二月）〜二十号（二〇一九年十二月）（井上靖記念文化財団）の連載を大幅に改稿

「Ⅱ　井上靖の射光——ある読者の受容」

書き下ろし

井上靖作品名・書名索引

［著者略歴］

野本寛一（のもと・かんいち）

1937年　静岡県に生まれる
1959年　國學院大學文学部卒業
1988年　文学博士（筑波大学）
2015年　文化功労者
2017年　瑞宝重光章

専攻――日本民俗学
現在――近畿大学名誉教授

著書――

『焼畑民俗文化論』『稲作民俗文化論』『四万十川民俗誌――人と自然と』（以上、雄山閣）、『生態民俗学序説』『海岸環境民俗論』『軒端の民俗学』『庶民列伝――民俗の心をもとめて』（以上、白水社）、『熊野山海民俗考』『言霊の民俗――口誦と歌唱のあいだ』（以上、人文書院）、『近代文学とフォークロア』（白地社）、『山地母源論1・日向山峡のムラから』『山地母源論2・マスの溯上を追って』『「個人誌」と民俗学』『牛馬民俗誌』『民俗誌・海山の間』（以上、「野本寛一著作集Ⅰ～Ⅴ」、岩田書院）、『栃と餅――食の民俗構造を探る』『地霊の復権――自然と結ぶ民俗をさぐる』（以上、岩波書店）、『大井川――その風土と文化』『自然と共に生きる作法――水窪からの発信』（以上、静岡新聞社）、『生きもの民俗誌』『採集民俗論』（以上、昭和堂）、『自然災害と民俗』（森話社）、『季節の民俗誌』（玉川大学出版部）、『近代の記憶――民俗の変容と消滅』（七月社）、『民俗誌・女の一生――母性の力』（文春新書）、『神と自然の景観論――信仰環境を読む』『生態と民俗――人と動植物の相渉譜』（以上、講談社学術文庫）、『食の民俗事典』（編著、柊風舎）、『日本の心を伝える年中行事事典』（編著、岩崎書店）ほか

井上靖《いのうえやすし》の原郷《げんきょう》——伏流《ふくりゅう》する民俗《みんぞく》世界《せかい》

2021年1月29日　初版第1刷発行

著　者……………………野本寛一
発行者……………………西村　篤
発行所……………………株式会社七月社
〒182-0015　東京都調布市八雲台2-24-6
電話・FAX　042-455-1385
印　刷……………………株式会社厚徳社
製　本……………………榎本製本株式会社

Printed in Japan　ISBN 978-4-909544-15-5　C0095

七月社の本

井上靖とシルクロード——西域物の誕生と展開

劉東波著

シルクロードブームを牽引し、人々に西域の夢とロマンを届けた井上靖。足を踏み入れたことのなかった西域を、作家はどのように描いたのか。典拠資料と作品の詳細な比較から、史実と想像力がせめぎあう歴史小説創作の秘密に迫る。

A5判上製320頁／本体5400円＋税
ISBN978-4-909544-12-4 C1095

宮沢賢治論 心象の大地へ

岡村民夫著

「虹や月明かり」からもらった膨大な「心象スケッチ」は、繋がり、変容し、不整合なまま、〈心象の大地〉として積み上がる。テクストに孕まれる矛盾や齟齬をこそ賢治文学のリアルと捉え、その正体を求めてイーハトーブを踏査し続けた、著者25年の集大成。

四六判並製512頁／本体3200円＋税
ISBN978-4-909544-13-1 C0095

「小さな鉄道」の記憶
——軽便鉄道・森林鉄道・ケーブルカーと人びと

旅の文化研究所編

地場の産業をのせ、信仰や観光をのせ、そして人びとの暮らしと想いをのせて走った「小さな鉄道」。聞き書きや資料をもとに描く懐かしく忘れがたい物語。

四六判上製288頁／本体2700円＋税
ISBN978-4-909544-11-7 C0065